KB269468

구중천
九重天

구중천 7

임영기 新무협 판타지 소설

초판 1쇄 찍은 날 § 2007년 3월 24일
초판 1쇄 펴낸 날 § 2007년 4월 4일

지은이 § 임영기
펴낸이 § 서경석

편집장 § 문혜영
편집 § 서지현 · 심재영

펴낸곳 § 도서출판 청어람
등록번호 § 제1081-1-89호
등록일자 § 1999. 5. 31
어람번호 § 제2-1160호

주소 § 경기도 부천시 원미구 심곡1동 350-1 남성B/D 3F (우) 420-011
전화 § 032-656-4452 팩스 § 032-656-4453
http://www.chungeoram.com
E-mail § eoram99@chollian.net

ⓒ 임영기, 2006

ISBN 978-89-251-0618-2 04810
ISBN 89-251-0293-5 (세트)

九重天
구중천
7
악전고투(惡戰苦鬪)
임영기 신무협 판타지 소설
Fantastic Oriental Heroes
도서출판
청어람

목차

오룡출현(烏龍出現)

그곳은 저룡하의 상류로 유입되는 지류 중 한 갈래인 자하(磁河)변의 드넓은 초원이었다.

그곳에 창천제를 비롯한 구중천 고수들, 그리고 무아 선사와 철심협개가 이끄는 무림 군웅 도합 삼백여 명이 이동을 멈춘 채 모여 있었다.

그러나 초원에는 그들만 있는 것이 아니었다.

하나의 원을 형성하고 있는 그들과 십여 장의 거리를 둔 채 천외무적군이 다섯 겹의 포위망을 구축한 상태에서 서로 대치하고 있는 중이었다.

구중천 고수들과 무림 군웅의 수는 약 삼백여 명.

포위하고 있는 천외무적군은 그 여섯 배에 달하는 약 천팔
백여 명이었다.

도주를 하던 구중천 고수들과 무림 군웅은 이 지역 지리에
어두운 편이었다.

더구나 보름 이상 굶은 상태에서 며칠째 잠시도 쉬지 못한
채 쫓기느라 모두 기진맥진했기 때문에 분별력이나 냉철함이
많이 떨어진 상황이었다.

평소 같았으면 도주하는 앞길에 지속적으로 척후를 보내
그들의 보고 내용을 검토하여 진로를 결정했을 것이지만 조
금 전에는 그렇게 하지 못했었다.

아무리 뛰어난 정신력의 소유자라고 해도 살인적인 탈진
앞에서는 맥을 못 추는 법이다.

그래서 창천제와 무아 선사, 철심협개 모두 척후를 보낼 생
각을 할 겨를이 없었고, 그 결과 지금과 같은 절망적인 상황
에 처하게 된 것이다.

사실 이들 두 세력은 겉으로 보는 것처럼 대치를 하고 있는
상황이 아니었다.

천외무적군은 반 각 전에 이들 구중천 고수들과 무림 군웅
을 따라잡아 삽시간에 포위를 해버렸다.

그리고는 반 각 동안 공격도 하지 않고 그저 지켜보면서 침
묵을 지키고 있었다.

그것이 포위당한 구중천 고수들과 무림 군웅의 피를 말리

고 있었다.

　그러므로 지금의 이 상황은 대치라기보다는 먹잇감을 앞에 둔 맹수의 관망이라고 해야 옳았다.

　그때 다섯 겹의 거대한 포위망 가장 바깥쪽에 수레 한 대가 지나갈 수 있을 정도의 틈이 생겼다.

　곧이어 그곳을 통해서 세 사람이 천천히 포위망 안쪽으로 걸어 들어왔다.

　한 명이 앞서고 두 명이 호위하듯이 뒤따르는 모습이다.

　세 사람은 걸음을 멈추지 않았다.

　그들이 당도하기 전에 앞에 있는 네 번째 포위망이 열리면서 같은 폭의 길을 내주었다.

　그렇게 세 사람은 다섯 개의 포위망을 통과하여 포위망 가장 안쪽에 이르러 걸음을 멈추었다.

　세 사람.

　가운데 서 있는 한 명은 반달과 구름이 수놓인 비단의 옥색 장포를 입었다.

　오른쪽 허리에는 새카만 윤기가 자르르 흐르는 둥글게 말린 한 자루 채찍이 매달려 있었다.

　그리고 양쪽에서 옥색장포인을 호위하듯이 서 있는 두 명은 녹색과 남색의 단삼을 입었으며, 왼쪽 가슴에 각각 ‘십령후(十令后)’ 와 ‘십일령후(十一令后)’ 라는 글이 세로로 수놓아져 있었다.

옥색장포인은 천외신계의 서열 삼위인 육천군의 다섯째 운월군(雲月君)이고, 녹의단삼인은 서열 사위 십이령후의 십령후, 남의단삼인은 십일령후였다.

궁상스럽게 모여 있는 듯한 구중천 고수들과 무림 군웅의 모습을 쳐다보는 운월군의 입가에는 잔잔한 미소가 떠올라 있었다.

그러나 그 미소를 조금만 자세히 보면 득의함이 뚝뚝 떨어지는 조소라는 사실을 금세 알 수 있다.

십령후와 십일령후 역시 같은 종류의 미소를 짓고 있었다.

운월군은 묘봉산에서부터 이들 창천제가 이끄는 무림 군웅을 추적해 왔다.

그들이 깊은 산으로 숨어들었을 때에는 오래 견디지 못하고 나올 것이라 계산하고 산 밖에 매복한 채 끈질기게 기다렸으며, 결국 성공했다.

운월군이 천녀황으로부터 받은 명령은 창천제가 이끄는 구중천 고수들과 무림 군웅을 전멸시키고 창천제의 수급을 가져오라는 것이었다.

그리고 지금으로 봐서 운월군은 자신의 임무를 어렵지 않게 이룰 수 있을 것 같았다.

운월군의 전면 오 장 거리에는 구중천 창천궁 소속 창천고수들이 죽 늘어서서 벽을 형성하고 있었다.

삼백여 명 중에서 창천고수의 수는 절반 정도인 백오십 명이었다.

원래 창천궁 소속 창천고수는 오백여 명이었으나 묘봉산 대혈전에서 이백여 명이 죽었으며, 도주하는 과정에서 오십 여 명이 더 죽었고, 백여 명은 임시로 구중천주 휘하에 가 있는 중이었다.

지금은 창천고수 팔십여 명이 원을 형성한 상태에서 밖을 향해 우뚝 서 있었다.

그리고 그 안쪽에 칠십여 명의 창천고수가 역시 밖을 향해 가부좌의 자세로 앉아서 운공조식을 하고 있었다.

이들 백오십여 명의 창천고수는 묘봉산대혈전을 치르고 십팔 일 동안 이어진 굶주림과 도주에 극도로 지친 상태지만 굳건함을 잃지 않으려 애쓰고 있었다.

두 겹의 원 안쪽에 나머지 백오십여 명의 무림 군웅이 창천 고수들과는 역력하게 비교되는 모습으로 앉거나 누운 흐뜨러 진 자세로 옹기종기 모여 있었다.

그리고 원의 한복판에 백발이 성성한 한 명의 노인이 반듯 한 자세로 누워 있었으며, 그 양옆에 무아 선사와 철심협개가 앉아서 노인을 돌보고 있었다.

백발의 노인은 바로 창천제였다.

그는 묘봉산에서 천육백 명을 이끌고 도주를 막 시작했을 때 혈옥녀의 저지를 받았다. 그녀를 뚫지 못하고는 도주할 수 없는 상황이었다.

염천제와 힘을 합쳐 혈옥녀와 싸운 적이 있었던 창천제는 그녀가 자신보다 훨씬 강하다는 사실을 알고 있지만 포위망을 뚫기 위해서는 어쩔 도리 없이 싸울 수밖에 없었다.

창천제는 삼십 명의 창천고수와 함께 혈옥녀를 포위, 맹공을 가했다.

그러는 사이에 그가 맡은 천육백여 명은 무아 선사와 철심협개의 지휘 아래 무사히 탈출할 수 있었다.

그러나 혈옥녀를 공격했던 삼십 명의 창천고수는 전멸, 창천제는 심각한 중상을 입은 채 겨우 도주하여 무아 선사가 이끄는 대열에 합류할 수 있었던 것이다.

이후 창천제는 창천고수들의 정성 어린 호위를 받으며 이곳까지 당도했다.

그러나 그는 이곳 자하 강변, 이름 모를 초원이 자신을 포함한 삼백여 명의 무덤이 될 것이라 여겼다.

"선사, 협개, 노부에게 힘을 낭비하지 마시게."

창천제는 감고 있던 눈을 힘겹게 뜨고 말했다.

무아 선사와 철심협개는 창천제가 중상을 당한 이후 번갈아 가면서 그에게 진기를 주입시켜 주었다.

물론 창천고수들도 번갈아 가면서 창천제에게 진기를 주입시켰지만, 공력이 심후한 무아 선사와 철심협개가 거의 도맡다시피 했다.

창천제의 노안에 잔잔한 염려가 물결쳤다.

"싸움을 목전에 두고 이러지들 말게."

지금은 철심협개가 창천제의 손목을 잡고 그곳을 통해서 진기를 주입하고 있는 중이었다.

창천제는 그럴 기운만 있더라도 철심협개가 진기를 주입하는 것을 뿌리치고 싶건만 지금 그는 말을 하는 것조차 힘에 겨운 형편이었다.

철심협개는 껄껄 웃었다.

"헛헛! 창천제님, 싸울 때 필요한 공력은 따로 남겨두었으니 염려하지 마십시오!"

싸울 때 공력과 남에게 주입시킬 공력이 따로 있을 리 만무했다.

창천제는 왼쪽 어깨를 중심으로 가슴과 옆구리, 팔꿈치까지 맨살을 드러내 놓은 모습이었다.

혈옥녀의 일장이 왼쪽 어깨에 적중했을 때 옷이 타버렸기 때문이다.

또한 그의 왼쪽 어깨는 붉다 못해서 아예 검붉은 색이었고, 그곳을 중심으로 목이나 가슴, 옆구리까지 시뻘건 색으로 변해 있었다.

그는 운 나쁘게도 혈옥녀의 천마혈옥강에 당했다.

적중당하기 직전에 다급히 호신강기를 발출하여 몸을 보호하지 않았거나, 보호했더라도 심장 부위에 적중됐더라면 즉사하고 말았을 것이다.

창천제의 호신강기는 장력은 물론이고 어떤 무기라도 끄떡없이 막아낸다.

그러나 혈옥녀의 천마혈옥강은 어떤 호신강기라도 파훼시키는 가공한 마공이다.

천마혈옥강이 심장을 피해 어깨에 적중되어 불행 중 다행으로 즉사는 면했지만, 현재 창천제의 온몸의 뼈와 오장육부는 거의 녹아 있는 상태였다.

다만 무아 선사와 철심협개가 주입해 주는 진기가 그의 생명의 촛불이 꺼지지 않도록 근근이 연장시켜 주고 있을 따름이었다.

그렇지만 만약 반 시진 정도만 진기를 주입시켜 주지 않는다면 그는 온몸이 내장부터 녹아서 끝내는 한 움큼의 혈수가 되어 처참한 죽음을 맞게 될 것이다.

그는 반 시진마다 기름을 부어줘야 하는 유등(油燈) 같은 신세였다.

철심협개는 창천제의 만류에도 진기를 주입시키는 것을 멈추지 않았다.

그는 알고 있다, 이곳이 자신을 포함한 삼백여 명의 무덤이 되리라는 사실을.

그러니 굳이 공력을 아낀들 무슨 소용이 있겠는가.

철심협개 뒤쪽에는 극도로 지친 모습이며, 그보다 훨씬 더 절망적인 표정을 짓고 있는 한 소녀가 앉아서 멍하니 하늘을 바라보고 있었다.

오대세가 산동악가의 악소였다.

그녀는 주화입마를 당한 부친을 대신하여 악가의 고수 오십 명을 이끌고 묘봉산대혈전에 참전, 이후 창천제를 따라 이곳으로 도주해 왔다.

그녀의 주변 여기저기에는 간신히 살아남은 네 명의 악가 고수가 누워 있거나 힘없이 앉아 있었는데, 그들 중 한 명은 중상, 세 명은 경상을 입은 상태였다.

악소 뒤에는 당쾌가 퍼질러 앉아서 그녀를 멀건이 응시하고 있었다.

당쾌는 거의 잘라지다시피 한 왼팔에 천을 질끈 동여맸는데 붉게 피가 밴 모습이다.

그때 서 있는 창천고수 너머에서 누군가의 나직한 목소리가 들려왔다.

"창천제, 아직 살아 있다면 이리 나오도록 하시오. 당신이 순순히 수급을 바친다면 자비를 베풀어 다른 사람들은 곱게 죽여주겠소."

운월군의 목소리였다.

그는 천녀황의 명령을 충실히 수행하기 위해서 창천제의 깨끗한 수급이 필요했다.

그가 서 있는 곳에서는 창천제가 보이지 않았다.

하지만 그는 창천제가 보이기라도 하듯 누워 있는 곳을 정

확하게 쳐다보면서 말을 이었다, 물론 입가에 엷은 미소를 잃
지 않은 채.

"당신이 이승에서 마지막으로 체면을 지킬 수 있는 기회는
지금뿐이오."

운월군은 싸움 그 자체보다는 싸움이 시작되기 전과 끝난
후의 분위기를 즐길 줄 아는 특이한 인물이었다.

그가 구중천 고수들과 무림 군웅을 즉시 공격하지 않은 것
은 혼자만의 여유와 오만을 즐기려는 것이었다.

또한 그럼으로써 상대에게 공포감을 배가시켜서 전의를
상실시키려는 의도도 깔려 있었다.

그리고 그는 이미 충분히 만끽했다. 이제는 다른 것, 손과
눈으로 만끽할 시간이다.

운월군의 이죽거림에 당연히 창천제 쪽에서는 아무런 반
응도 없었다.

그러나 운월군은 그가 대꾸하지 않을 것이라는 사실을 이
미 짐작하고 있었다.

그때 운월군이 입가의 미소를 조금 더 짙게 지으며 천천히
오른손을 들어 올렸다.

그 손이 다 올라가면 천팔백여 명의 천외무적군이 일제히
공격을 개시할 것이다.

악소와 당쾌는 일어서서 운월군을 쳐다보고 있었다.

악소의 얼굴에는 절망이, 당쾌의 얼굴에는 비장함이 가득

떠올라 있었다.

묘봉산대혈전이 있기 얼마 전에 당쾌는 개방의 회의실로 끌려와 화무린에 대해서 실토한 적이 있었다.

그 직후에 용장봉선과 단궁천 등이 서둘러 화무린이 있는 안국현으로 달려갈 때 악소도 그들을 따라가고 싶은 마음이 너무도 간절했었다.

하지만 자신이 이끌고 온 오십 명의 악가 고수를 개방 총타에 팽개치고 갈 수가 없었다.

그러나 이제 와서 돌이켜 생각해 보니, 그 당시에 무슨 일이 있어도 무조건 용장봉선을 따라갔어야만 했다.

이렇게 허무하게 죽을 줄 알았더라면 뒷일이야 어떻게 되든 한사코 용장봉선 등을 따라가서 화무린을 만나 맺힌 오해라도 풀었어야만 했다.

지금 악소는 그게 가장 억울했고 가슴에 한이 되어 맺혀 있었다.

그녀는 묘봉산대혈전에서, 그리고 도주하는 내내 오직 화무린만 생각했었다.

그러면서 자신이 얼마나 화무린을 사랑하고 있는지를 절실하게 깨달았다.

이렇게 죽더라도 그 사실을 화무린에게 전할 수만 있다면 더 바랄 것이 없었다.

그즈음, 창천제와 그를 호위하는 두 명의 창천고수만을 남기고 창천고수들과 무림 군웅은 모두 일어서 있는 상태였다.

그러나 구중천 고수들과 무림 군웅의 얼굴에서는 추호도 절망의 기색을 찾아볼 수 없었다.

그 대신 천외무적군을 한 명이라도 더 죽이고 죽겠다는 각오가 얼굴마다 물결처럼 넘실거렸다.

마침내 운월군의 손이 끝까지 올려졌다.

그때였다.

"으악!"

"크아악!"

운월군의 앞쪽에서 느닷없이 대여섯 마디의 처절한 비명성이 와르르 터져 나왔다.

그곳은 운월군의 바로 앞이 아니라 창천제 등이 있는 곳 너머 포위망의 가장 바깥쪽이었다. 거리는 삼십여 장이었지만 어쨌든 앞쪽은 앞쪽이었다.

무엇 때문인지는 모르겠지만 그곳에서 어지러운 비명 소리가 잠시 동안 터져 나오는가 싶더니 바깥쪽 포위망 두 겹이 어이없을 정도로 간단하게 무너져 버렸다.

"천제님! 속하 은겸입니다! 봉선께서도 오셨습니다!"

포위망이 무너지고 있는 곳에서 은겸의 쩌렁쩌렁한 외침이 터져 나왔다.

창천제와 무아 선사, 철심협개 등의 얼굴에 한줄기 기대가 떠올랐다.

“쳐랏!”

순간 철심협개는 은겸의 외침이 터진 방향을 향해 쏘아가면서 우렁차게 외쳤다.

무아 선사와 창천고수들, 무림 군웅이 일제히 철심협개를 뒤따라 신형을 날렸다.

창천고수 한 명이 창천제를 안았고, 전후좌우에서 네 명의 창천고수가 호위했다.

그리고 그들은 빠르게 움직이고 있는 창천고수와 무림 군웅의 한복판에서 움직였다.

그 광경은 마치 오랫동안 갇혀 있던 물이 마침내 물꼬가 트여 한꺼번에 흘러가는 것 같았다.

콰차차차창!

“끄아악!”

“와악!”

마침내 격전이 벌어졌다.

무기끼리 부딪치는 요란한 소리가 구름 한 점 없는 하늘로 어지럽게 퍼져 올랐다.

바깥에서 깨고 안에서 부수는 협공에 천외무적군의 다섯 겹 포위망의 한 귀퉁이가 순식간에 허물어졌다.

“천제님!”

“창천제님!”

은겸과 봉선이 외치면서 창천제 곁으로 달려왔다.

그러나 도와주러 온 사람이 은겸과 봉선, 삼십여 명의 구중천 고수가 전부인 것을 발견한 무림 군웅의 얼굴에 실망하는 표정이 역력하게 떠올랐다.

잠시 동안의 왁자지껄했던 싸움은 봉선, 은겸과 창천제의 만남. 단지 그것만을 남겼다.

달라진 것이 있다면 원래 있던 장소에서 이십여 장 정도 이동했다는 것과 봉선과 은겸, 삼십오 명의 구중천 고수가 합류했다는 것, 두 가지뿐이었다.

그리고는 다시 원래대로 천팔백여 명의 천외무적군에 의해 다섯 겹으로 포위됐다.

그러나 싸움은 끊어지지 않고 계속됐다.

천외무적군은 자신들이 수적으로 여섯 배나 더 많다는 사실을 모르는 것처럼 전력으로 공격을 퍼부었다.

새로 합류한 은겸과 봉선, 그들이 이끌고 온 구중천 고수들, 무아 선사와 철심협개, 백오십 명의 창천고수가 원의 외곽을 형성한 채 필사적으로 싸웠다.

나머지 백오십여 무림 군웅 중에 소림 제자가 이십여 명이고 개방 고수가 삼십여 명, 악가 고수가 네 명, 나머지는 여러 방, 문파의 고수들이 뒤섞인 상태였다.

이들의 싸움은 굴러가는 거대한 쇠 바퀴 아래에 하나의 작은 돌멩이가 깔려 있는 형국이었다.

물론 쇠 바퀴가 천외무적군이고 돌멩이가 창천제가 이끄

는 구중천 고수들과 무림 군웅이라는 것은 두말할 필요도 없다.

쇠 바퀴는 돌멩이 때문에 잠시 멈추기는 하겠지만 곧 돌멩이를 부수고 가던 길을 가게 될 것이다.

그리고 돌멩이는 예상보다 더 일찍 깨지기 시작했다.

"크악!"

"흐으악!"

한순간 대여섯 명의 창천고수가 피를 뿌리며 한꺼번에 쓰러지면서 균열이 생기더니 구멍 뚫린 배처럼 빠르게 가라앉기 시작했다.

쐐애액!

바로 그때였다.

무척이나 날카로운 파공성이 약간 먼 곳에서 들려왔다.

그곳은 천외무적군 포위망의 외곽이었다.

채찍을 무기로 사용하는 운월군은 그 소리를 듣자마자 채찍이 내는 파공성이라는 것을 알아차렸다.

아울러 평범한 솜씨가 아니고, 채찍 또한 범상치 않은 것이라는 사실을 동시에 간파했다.

퍽! 퍽! 퍽!

"흐악!"

"끄악!"

짧고 경쾌한 음향에 이어 다섯 마디 처절한 비명성이 어지럽게 들려올 때 운월군은 이미 번쩍 신형을 날려 포위망 위를 가로질러 그곳으로 쏘아가고 있었다.

물론 호위하고 있던 십령후와 십일령후가 그림자처럼 운월군을 뒤따랐다.

그렇지만 그들은 허공중에서 쏘아가는 동작을 멈추며 가볍게 놀라는 표정을 지어야만 했다.

그들이 쏘아가는 맞은편에서 한 인영이 그들보다 더 높게 솟구쳐 오르는 것을 발견했기 때문이다.

아니, 하나가 아니라 두 명이었다. 한 명이 또 한 명의 허리를 안은 자세로 떠오르고 있었다.

화무린이 왼팔로 소군의 허리를 안고, 소군이 그의 목을 안은 자세로 포위망의 한복판 허공 삼 장 높이에 솟구치는가 싶더니 그대로 뚝 정지했다.

이어서 소군이 화무린에게서 벗어나 지상의 창천제 쪽으로 빠르게 하강했다.

너무도 갑작스레 벌어진 일이고, 빠르게 진행되고 있는 터에 운월군과 십령후, 십일령후는 일순간 그저 멍하니 쳐다보고만 있을 따름이었다.

다음 순간 화무린의 입에서 낭랑한 외침이 터져 나왔다.

"천—지—조—화!"

창천제는 흐릿해져 가는 정신 속에서 그 외침을 듣고 번쩍 눈을 떴다.

한 명의 창천고수에게 안겨 있는 그의 시야에 허공중에서
마치 천신처럼 우뚝 서 있는 화무린의 모습이 끌어당기듯이
쏘아져 들어왔다.

스우우―

쩌렁쩌렁한 외침과 동시에 화무린의 몸에서 찬란한 금광
이 뿜어지기 시작했다.

그리고 그의 크게 벌어진 입에서 방금 전보다 더 낭랑한 외
침이 터졌다.

"무―상―검―탄―강(無上劍彈罡)!"

고오오!

다음 순간 그의 몸에서 금광이 파도처럼 지상을 향해 쏟아
져 내렸다.

검법이되 검을 사용하지 않는다.

체내의 공력을 무극신공으로 운공하여 강기(罡氣)로 만들
어 발출하는 것이다.

지상에 있는 사람들은 파도처럼 쏟아져 내리는 금광이 가
까이 쇄도했을 때에야 그것들 하나하나가 깨진 칼 조각처럼
날카롭다는 사실을 발견했다.

파아아아―

금빛 찬란한 검강파(劍罡波)가 창천고수들과 무림 군웅 주
위에 둥글게 원을 형성하며 휩쓸었다.

그것은 마치 갈대 밭 위의 한 지점으로만 몰아치는 태풍과

도 같았다.

"크악!"

"흐악!"

"끄아악!"

비명 소리가 높은 곳에서 떨어지는 폭포 소리처럼 요란하게, 그러나 한순간에 터지고 끝나 버렸다.

그리고 그다음에 벌어진 광경에 창천고수들과 무림 군웅, 천외무적군도 모두 경악을 금치 못했다.

창천고수들과 무림 군웅 둘레에 원을 형성한 채 가장 가까운 곳에서 공격하던 천외무적군 오십여 명이 한꺼번에 쓰러져 버린 것이었다.

그리고는 갑자기 그곳에 텅 빈 공간이 생겨 버렸다.

이 천지개벽과도 같은 사건 때문에 싸움이 한순간 정지됐으며, 모두들 허공에 떠 있는 화무린을 경악 어린 표정으로 쳐다보고 있었다.

척!

그때 화무린이 소군 옆에 가볍게 내려섰다.

"후우……."

그는 주위를 둘러보며 나직한 한숨을 토해냈다. 일촉즉발의 상황에서 창천제 등을 구하느라 한순간에 너무 많은 공력을 쏟아냈기 때문이다.

공력이 삼화취정의 경지에 이른 그이기에 허비된 공력이

곧 다시 채워지기는 하겠지만 최소한 사분의 일각 동안은 기다려야 할 것이다.

그때 소군이 창천제를 향해 즉시 한쪽 무릎을 꿇으며 공손히 예를 취했다.

"속하 창천구대주가 천제를 뵈옵니다!"

창천고수의 품에서 소군을 바라보는 창천제의 얼굴에 희미한 미소가 피어났다.

"속하의 제자입니다."

은겸이 소군 옆에 서서 공손히 아뢰었다.

그러나 창천제의 시선은 소군에게 잠시 머물다가 곧 화무린에게 옮겨졌다.

"자네가… 화무린이로군."

화무린은 창천제가 자신을 한눈에 알아보자 의외라는 표정을 지었다.

또한 그가 선천고수 따위의 호칭을 쓰지 않고 이름을 부른 것도 이상했지만 그 점이 마음에 들었다.

"그렇소. 당신이 창천제요?"

화무린은 당당하게 선 자세로 고개를 가볍게 끄덕이며 창천제를 쳐다보았다.

무엄하기 짝이 없는 태도에 봉선과 은겸이 동시에 깜짝 놀랐지만 곧 어쩔 수 없다는 표정을 지었다.

화무린의 그런 태도는 아마 옥황상제 앞이라고 해도 변하지 않을 것이라고 생각하는 두 사람이었다.

그러나 복병은 전혀 예상하지 못했던 다른 곳에 있었다.

"당신! 창천제님께 공손하지 못하겠어요?"

소군이 눈을 흘리며 화무린을 꾸짖은 것이다.

그러자 화무린은 벌에 쏘인 것처럼 움찔하더니 곧 창천제에게 어정쩡하게 고개를 숙이며 포권을 해 보였다.

"화무린입니다."

봉선과 은겸은 그럴 줄 알았다는 듯 고개를 끄덕이면서 약간 고소한 표정을 지었다.

"자네가……."

창천제는 화무린이 성존의 친아들이라는 사실을 들었기 때문에 반가운 마음에 환한 표정을 지으며 말하려는데 봉선이 말을 잘랐다.

"창천제님, 그는 창천십칠호예요."

"음… 그렇군."

창천제는 봉선이 아직 화무린에게 그의 신분에 대해서 말하지 않았음을 알아차렸다.

"허억! 헉……!"

그러나 그 순간 갑자기 창천제가 가쁜 숨을 몰아쉬면서 눈을 감았다.

철심협개가 주입해 준 진기가 고갈되어 다시 발작을 일으킨 것이다.

"아미타불… 노납이 진기를 주입하겠소."

무아 선사가 즉시 창천제에게 다가갔다.

그때 화무린이 팔을 뻗어 무아 선사를 제지했다.

"음! 대단한 극양강(極陽罡)에 적중됐군."

화무린은 창천제의 왼쪽 어깨를 살펴보면서 가볍게 눈살을 찌푸리며 나직한 신음을 흘렸다.

이어서 갑자기 창천제의 상체 왼쪽 목에서부터 옆구리까지 열세 군데의 혈도를 번개같이 눌렀다.

파파파파팍!

"무, 무슨 짓이냐?"

창천제를 안고 있는 창천고수가 놀라서 버럭 소리를 지르며 화무린을 쏘아보았다.

"은 숙부, 이 사람 좀 조용히 시키시오."

화무린은 중얼거리듯이 말하면서 불쑥 오른손을 뻗어 활짝 펼친 손바닥으로 창천제의 상처 부위인 왼쪽 어깨를 움켜잡듯이 덮었다.

은겸은 창천고수에게 눈짓으로 화무린을 방해하지 말라는 시늉을 했다.

그 무렵, 운월군은 굳은 표정으로 화무린을 주시하면서 그가 누군지 살피고 있었다.

그러나 아무리 생각해 봐도 구중천이나 천중인계에 저 정도의 초절정고수가 있다는 말은 들어본 적이 없었다.

더구나 겉보기에도 새파란 젊은 청년이 아닌가.

그가 보기에 화무린은 부상당하지 않았을 때의 창천제 정도 수준이었다.

그는 봉선이 창천제에게 화무린을 '창천십칠호'라고 소개하는 말을 들었다.

혈도신의 제자인 용비가 알아낸 바에 의하면, 구중천에 무공을 배우러 들어온 자들 중에서 자질이 우수한 자를 구중천이 선택하여 '선천고수'로 만든다고 했었다.

그들의 수는 정확하게 모르지만 구중천의 구천에 소속되는 '수하' 개념으로 알고 있었다.

'일개 선천고수가 천상성계의 성제 일족만 배울 수 있다는 천지 조화검을 배웠다는 말인가?

다른 것은 다 차치하고서라도, 바로 그것이 운월군으로서는 풀리지 않는 의문이었다.

화무린의 오른팔 전체가 금빛으로 물들었다.

그는 뚫어지게 창천제의 왼쪽 어깨를 주시하며 공력을 가일층 끌어올렸다.

소군과 봉선, 은겸, 무아 선사, 철심협개 등은 화무린이 창천제를 치료하는 것이라고 여겨 적잖이 놀랐지만 침묵으로 지켜보았다.

창천제가 혈옥녀의 천마혈옥강에 중상을 입은 지 십팔 일 동안 모두들 창천제에게 진기를 주입하기만 했지 치료할 생각은 엄두도 내지 못했었다.

무아 선사나 철심협개는 의술에도 약간의 조예가 있었지만 창천제가 당한 중상 앞에서는 속수무책이었다.

너무나 강력한 극양지기라서 그것을 빨아내려면 최소한 삼 갑자 이상의 공력이 필요했는데, 두 사람은 이 갑자 수준이라서 엄두조차 내지 못한 것이다.

창천고수들은 빠르게 전열을 가다듬으며 벽을 쌓아 창천제를 보호했다.

운월군은 벽처럼 막아선 창천고수들 사이로 화무린을 찾다가 그가 창천제를 치료하고 있는 것처럼 보이자 안색이 급변하여 급히 외쳤다.

"공격하라! 모조리 쓸어버려라!"

다음 순간 천외무적군이 일제히 재공격을 개시했다.

창천고수와 무림 군웅이 재빨리 세 겹의 벽을 쌓아 원을 만들며 대항했다.

소군은 화무린 곁을 떠나지 않은 채 지켰고, 봉선과 은겸, 무아 선사와 철심협개는 각기 원의 네 방위에서 적과 싸우기 시작했다.

차차차차창!

퍼퍼펑!

"으아악!"

"크악!"

또다시 무기끼리 부딪치는 소리와 비명 소리가 천지에 가득 퍼져 나갔다.

철심협개는 맹렬하게 쌍장을 휘두르며 싸우는 중에 힐끗 화무린을 돌아보았다.

화무린이 추호의 동요도 없이 치료에 전념하고 있는 것을 보고, 그가 어린 나이에도 수양이 깊다는 것을 알고는 다시 한 번 감탄했다.

이윽고 화무린은 긴 한숨을 토해내며 창천제의 어깨에서 손을 떼어냈다.

"극양지기는 모두 빨아냈으니 이제 위험한 고비는 넘겼다고 할 수 있습니다. 잠시 쉬고 계시면 내상 치료는 저놈들을 처치한 후에 합시다."

화무린은 땀을 흘리면서 약간 지친 듯한 목소리로 창천제에게 설명했다.

무아 선사와 철심협개는 싸우는 중에 화무린의 말을 듣고 크게 놀랐다.

그렇다면 화무린의 공력이 삼 갑자 이상이라는 얘기가 되는 것이다.

철심협개는 옆에서 싸우고 있는 당쾌를 쳐다보면서 눈짓으로 그가 은오검객 화무린이냐고 물었고, 당쾌는 크게 고개를 끄덕이며 그렇다고 대답했다.

당쾌와 악소는 화무린의 출현에 몹시 놀라고도 기뻐했지

만 자신들이 나설 자리가 아니라서 꾹 참고 싸움에 임하는 중
이었다.

척!

창천제는 자신을 안고 있는 창천고수에게서 즉시 땅으로
내려섰다.

그는 자신의 몸이 천마혈옥강을 당하기 전만은 못하지만
절반 이상 회복됐다는 것을 생생히 느끼며 믿을 수 없다는 표
정을 지었다.

또한 검붉었던 그의 왼쪽 어깨는 원래의 살색을 완전히 되
찾고 있었다.

"운공을 해보십시오."

화무린은 싸움이 벌어지고 있는 곳으로 미끄러져 가면서
일러주었다.

'운공을?'

창천제는 약간 어이없는 표정을 지었다. 그는 자신이 죽을
위기에서 간신히 살아났을 뿐이라서 운공을 한다는 것은 아
예 생각조차 못하고 있었다.

그러나 화무린이 실언을 할 리가 없었다. 그는 철심협개 옆
에 막 당도한 화무린의 뒷모습을 쳐다보다가 즉시 그 자리에
앉아 운공을 시작했다.

"어떤 자가 운월군이오?"

화무린은 전면의 천외무적군을 빠르게 훑어보면서 철심협

개에게 물었다.

"저자일세."

철심협개는 포위망 밖 약간 언덕진 곳에 서 있는 세 명을 가리켰다.

화무린은 세 명 중 가운데 있는 구름과 반달이 수놓인 옷을 입은 자가 운월군일 것이라고 짐작했다. 그자의 복장에 구름과 달이 그려져 있었기 때문이다.

전세는 창천고수와 무림 군웅 쪽이 말할 수도 없을 정도로 불리했다.

창천고수 각자가 두세 명의 투번고수를 상대할 수 있고, 무림 군웅 각자가 한 명의 투번고수를 상대할 수 있다고 후하게 가정을 해도 턱없이 역부족인 싸움이었다.

그런 상황에도 아랑곳하지 않고 소군 혼자서만 신바람이 나 있었다.

화무린에게 배운 금봉신추라는 편법을 백학서원의 연공실에서 수련할 때에는 그 뛰어난 위력과 변화 때문에 그녀를 날마다 기쁘게 했었다.

그런데 막상 좁은 연공실을 벗어나 넓은 초원에서 벌어지는 실전에서 마음껏 전개하니 그 위력이 생각했던 것보다 서너 배 이상 뛰어날 뿐만 아니라 변화무쌍하여 그녀는 싸우는 과정에 금봉신추를 새로 배우는 기분이 들었다.

더구나 그녀의 오른손에서 피바람을 일으키고 있는 정랑

편이라는 채찍은 또 어떤가.

투번고수들이 검으로 막으면 검을, 도로 막으면 도를 여지 없이 동강 내버리면서 그들의 몸을 박살 내고 있었다.

또한 정랑편에 튀어나온 아홉 개의 혈침들은 적의 몸에 슬쩍 긁히기만 해도 모조리 불살라 버렸다.

아무도 그녀의, 아니, 금봉신추와 정랑편의 상대가 되지 못하고 속절없이 쓰러져 갔다.

"군아! 물러서!"

그래서 그녀는 자신도 모르게 앞으로 전진하면서 적을 주살하다가 화무린의 주의를 받기도 했다.

그녀 앞에는 적들이 없었다. 다가오는 족족 다 죽여 버렸기 때문이었다.

그러니 그녀가 자꾸 앞으로 나아가려고 하는 것은 어쩔 수 없는 현상이었다.

화무린의 오른팔은 어깨까지 검붉은 색으로 변해 있었다. 창천제에게서 빨아낸 극양지기였다.

화우웅!

순간 그가 손에 묻은 더러운 이물질을 떨어내듯 가볍게 오른손을 떨치자 팔에 축적되어 있던 극양지기가 시뻘건 기류로 화해 손바닥을 통해 뿜어지면서 왼쪽에서 오른쪽 수평으로 노를 젓듯이 갈랐다.

화르르룽!

"흐아악!"

"크아악!"

붉은 기류는 삽시간에 화무린과 가장 가깝게 있던 십여 명의 적들을 불태워 버렸다.

결국에는 혈옥녀의 천마혈옥강이 자신의 수하들을 죽인 꼴이 돼버렸다.

화무린은 조금 전에 천지 조화검 무상검탄강을 전력으로 전개한 직후에 연이어서 창천제를 치료하느라 또다시 공력을 허비했기 때문에 현재 본래 공력의 육 할 정도가 남아 있는 상태였다.

공력이 회복되려면 반 각 정도의 시간이 소요될 것이다. 예전 같았으면 한 시진 이상 운공을 하거나 세 시진가량 기다렸어야 했다.

그러나 육 할의 공력만으로도 천외무적군을 상대로 싸우는 데에는 조금도 지장이 없었다.

화무린은 공력을 무리하게 사용하지 않기 위해서 은오검을 뽑아 오룡검법을 전개했다.

그는 원수들 중 한 명인 운월군이 포위망 밖에서 팔짱을 낀 채 구경하고 있는 것을 힐끗 쳐다보고서 그와의 대결은 공력이 회복된 후로 잠시 미루기로 했다.

그렇다고 해도 화무린이 은오검으로 전개하는 오룡검법은 가히 폭발적인 위력을 뿜어내고 있었다.

그는 검기나 검강을 사용하지 않은 채 그저 오룡검법만을
펼쳤다.

은오검에서 검기 못지않은 예리한 검풍이 매서운 겨울바
람처럼 이삼 장이나 길게 뿜어져 나가 검이 닿기도 전에 적도
들을 쓰러뜨렸다.

그는 그러는 동시에 왼손을 기기묘묘하게 휘두르고 꺾으
면서 삼절제룡수를 전개했다.

오른손으로는 오룡검법을, 왼손으로는 삼절제룡수를 전개
하는 식의 동시 공격은 화무린이 아니고서는 감히 흉내조차
낼 수 없을 것이다.

그의 전면과 좌우에 있는 적들은 그야말로 추풍낙엽처럼
우수수 나뒹굴기에 급급했다.

그는 소군에게는 제자리를 지키라고 주의를 줘놓고는 정
작 자신은 점차 전진하여 어느덧 적진 한복판에서 고군분투
하고 있었다.

스사사사삭!

"크애액!"

"와악!"

이리 번쩍 저리 번쩍 하면서 그가 당도하는 곳에는 어김없
이 처절한 비명성이 터져 나왔다.

불과 열 번 정도 호흡할 시간에 그는 사십여 명의 적을 거
꾸러뜨렸다.

쐐애액!

화무린은 연이어 오룡검법을 전개하는 중에 느닷없이 자신의 등 뒤에서 귀에 익은 파공성이 터지는 것을 듣고 재빨리 뒤돌아보았다.

그는 원래 있던 곳에서 무려 오륙 장이나 전진해 있었는데, 그가 지나온 길에는 적들의 시체가 어지럽게 깔린 채 텅 비어 있었다.

그런데 어느새 소군이 뒤쫓아와서 신들린 듯이 정랑편을 휘두르며 적들을 주살하고 있는 것이 아닌가.

소군은 화무린하고 시선이 마주치자 어색한 표정을 지으면서 혀를 쏙 내밀었다.

"헤헤! 좀 봐줘, 낭군님!"

화무린은 꾸짖으려다가 그녀의 모습이 너무 귀여워 오히려 입가에 미소가 떠올랐다.

"가까이 붙어!"

그래서 그렇게밖에 말할 수 없었다.

한편 운공을 끝낸 창천제는 크게 놀랐다. 내상이 거의 치료된 것은 물론 원래 공력의 칠 할 정도까지 회복된 것을 느꼈기 때문이다.

'이럴 수가……!'

그는 망연자실한 표정으로 화무린의 모습을 찾아보았다.

화무린과 소군이 함께 적진 한복판에서 파죽지세로 싸우

고 있었다.

"과연! 과연!"

창천제는 그 말밖에 할 수가 없었다. 그 말은 물론 '과연 성존의 아들이다' 라는 뜻이었다.

"으핫핫핫! 무린! 노부도 껴주겠나?"

창천제는 쩌렁쩌렁하게 웃으면서 쏜살같이 화무린에게 달려가며 어깨의 보검을 뽑았다.

싸우고 있던 봉선과 은겸, 무아 선사, 철심협개 등은 깜짝 놀라 창천제를 쳐다보았다.

그때에는 이미 창천제가 화무린, 소군과 함께 삼각(三角)을 이루어 적도들을 무차별 주살하고 있었다.

第七十二章

천지무극(天地無極)

운월군이 한동안 싸움을 지켜본 결과 적들 중에서는 화무
린이 가장 고강했다.

설사 그렇더라도 자신의 상대로서 화무린은 다소 부족하
다는 결론을 내렸다.

그러나 약간의 의문은 남아 있었다.

화무린이 처음에 등장할 때에는 천지 조화검의 무상검탄
강을 전개하여 자신을 놀라게 만들더니, 지금은 검강은커녕
검기조차도 사용하지 않으면서 그저 검만으로 싸우고 있다는
사실이었다.

운월군은 매우 조심스럽고 경계심이 많은 인물이다. 그는

싸움을 하기 전에는 상대를 함부로 폄하하지도 않지만, 그렇다고 지나치게 과대평가하지도 않는다.

결국 그는 화무린이 출현할 때와 지금이 왜 다른지 이유는 알아내지 못했지만, 자신과 능히 일전을 벌일 만한 고수라는 평가를 내렸다.

그는 조금 더 지켜보면서 기다려 보기로 했다.

그는 조심스럽고 경계심이 많을 뿐만 아니라 언제나 이기는 싸움을 좋아했다.

이기기 위해서는 많은 공을 들여야 하는 법이다. 특히 상대가 강적일 경우에는 더욱더 그랬다. 그리고 지금과 같은 상황에서는 화무린을 되도록 오래 싸우게 하여 힘이 빠지게 하는 것이 최선이었다.

당쾌와 악소는 고전을 면치 못하는 중이었다.

원래 당쾌는 한 명 반의 투번고수와 맞먹는 실력이고, 악소는 한 명의 투번고수를 당해낼 정도의 실력이다.

그러나 극도로 지쳐 있는 지금 상태에서는 각자 한 명씩의 투번고수를 상대하기에도 벅차서 연신 위기에 처해 아슬아슬한 형편이었다.

째앵!

그때 악소는 상대하고 있던 투번고수와 한차례 검을 맞부딪친 후 하마터면 검을 놓칠 뻔하면서 비틀거리며 뒤로 서너 걸음이나 물러났다.

쉬이익!

그때 그녀가 상대하고 있던 투번고수와 또 다른 투번고수가 한꺼번에 여러 개의 허점을 노출시킨 그녀를 향해 지체없이 도검을 휘둘러 왔다.

악소는 도검이 햇빛에 번뜩이며 자신의 머리와 목을 향해 그어져 내리는 것을 보면서 눈을 한껏 부릅뜨고 입을 크게 벌렸다.

비명도 나오지 않았고, 몸이 움직여지지도 않았다. 그저 이것이 이승에서의 마지막이라고만 느껴졌다.

위기의 순간마다 늘 있어왔던 요행이라는 것도 이 순간만큼은 없을 것이란 생각이 들었다. 겁이 났지만 눈을 감고 싶지는 않았다.

자신의 목숨을 앗아갈 한 자루 검과 또 한 자루 도가 각각 머리 위와 목 앞에서 정지한 듯한 느낌이 들었다.

그래서 그녀는 사람의 목숨이 끊어지는 마지막 순간에는 이런 느낌이로구나. 하는 생각이 들었다.

그런데 그것이 아니었다. 그녀가 눈을 깜빡인 후에 봤는데도 도와 검은 여전히 멈춰져 있었다. 도검이 정지하고 있는 시간이 너무 길었다.

악소가 놀라서 눈을 깜빡이고 나서 다시 쳐다볼 때 그녀에게 도검을 휘둘렀던 두 명의 투번고수가 스르르 쓰러지고 있었다.

순간 그녀는 그들의 머리에서 분수처럼 피가 뿜어지는 것을 발견했다.

햇살 때문에 그들이 뿜어내는 피는 무지개를 이루고 있었다.

퍽! 퍽!

그때 바로 옆에서 작은 격타음이 터졌다.

악소가 쳐다보자 당쾌를 공격하던 투번고수 두 명이 머리에서 피를 뿜어내고 있었다.

방금 악소를 공격했던 두 명의 투번고수와 똑같은 모습이었다. 그것으로 당쾌 역시 목숨을 잃을 위험 상황에서 벗어나고 있었다.

그러자 당쾌가 어딘가를 향해 손을 흔들어 보이며 힘차게 외쳤다.

"고맙다, 무린아!"

깜짝 놀란 악소가 그쪽을 쳐다보자 화무린이 그녀를 향해 미소를 짓고 있었다.

물론 당쾌에게 지어 보인 미소였지만 악소가 그 옆에 있었기 때문에 자신에게 지어 보인 듯한 착각이 든 것이다.

'가가……'

악소는 자신이 지금 어떤 처지에 처해 있는지조차 잠시 망각한 채 눈이 부신 듯 화무린을 바라보았다.

우연인지 그때 화무린도 그녀를 쳐다보았다. 악소는 너무

반가운 마음이 들어서 무슨 말을 하려는 듯 입을 벙긋 열면서
미소를 지었다.

그러자 갑자기 화무린이 왼손을 뻗어 그녀를 가리켰다. 그
리고는 그의 얼굴에 그녀를 가볍게 책망하는 듯한 표정이 떠
올랐다.

'왜?'

쌔액!

영문을 알지 못하는 악소가 의아한 표정을 짓고 있을 때 화
무린 쪽에서 쏘아온 듯한 무엇인가가 그녀의 귓전을 날카롭
게 스쳐 갔다.

픽!

다음 순간 그녀는 자신의 뒤에서 둔탁하고 짧은 음향이 터
지는 것을 들었다.

화들짝 놀란 그녀가 급히 뒤돌아보자 눈을 까뒤집은 투번
고수 한 명이 이마에 구멍이 뻥 뚫려 분수처럼 피를 뿜으면서
정지해 있었다.

수중의 도를 머리 위로 치켜든 자세로 보아 그녀를 공격하
려던 것임을 한눈에 알 수 있었다.

"죽고 싶어? 정신 차려라, 악소!"

그때 당쾌가 적에게 검을 휘두르면서 악소에게 버럭 고함
을 질렀다.

거칠 것 없는 성격인 그가 언제나 익소한테는 쩔쩔매면서

꼬박꼬박 악 소저라고 하더니, 지금은 얼마나 놀랐는지 냅다 반말을 터뜨렸다.

그제야 악소는 퍼뜩 정신을 차리고 당쾌 곁에 바짝 붙어서 다시 싸움을 시작했다.

운월군은 착각을 했다. 그는 시간이 지날수록 화무린이 공력을 허비할 것이라고 계산했었다.

그런데 지친 기색은커녕 오히려 더욱 기세 좋게 천외무적군을 주살하고 있지 않은가.

사실 화무린이 오룡검법으로 검풍을 만들어내거나 삼절제룡수를 전개하는 것은 본신 공력의 일 할도 채 사용하지 않는 것이었다.

그러니 최초에 무상검탄강을 전개하고 연이어서 창천제를 치료하느라 허비했던 공력을 싸우는 도중에 완전하게 회복할 수가 있었다.

그동안 화무린과 소군, 창천제는 무려 백여 명의 투번고수를 주살하고 있었다.

화무린은 빠르게 주위를 둘러보았다.

그와 소군, 창천제 세 사람 주변에는 투번고수들의 시체가 어지럽게 깔려 있었다.

지옥도가 따로 없었다. 이곳이 바로 지옥도였다.

그러나 무아 선사와 철심협개가 주축이 된 창천고수와 무림 군웅이 있는 곳은 상황이 매우 좋지 않았다.

　처음에 삼백여 명이었던 수는 어느새 이백오십여 명으로 줄어 있었고, 남은 사람들도 기진맥진하여 언제 쓰러질지 모르는 위태로운 모습들이었다.

　이런 상황에서는 화무린이 공력을 회복했다고 해서 그들을 내버려 둔 채 운월군에게 싸움을 걸 엄두가 나지 않았다.

　그가 운월군과 싸우는 동안 창천고수들과 무림 군웅은 전멸할 것이 분명했다.

　지금으로서는 운월군을 죽이는 것보다는 무림 군웅을 보호하는 것이 급선무였다.

　예전의 그였으면 이런 상황에서 앞뒤 가리지 않고 운월군을 공격했을 것이다.

　언제나 원수를 갚는 것이 우선이고 무림의 안녕 따윈 알 바 아니라고 생각했던 화무린이 무림 군웅을 걱정하는 것은 이상한 일이었다.

　확실히 그는 변했다.

　그러나 그 이유가 그가 단상익네 집에서 가족처럼 석 달 동안 생활하면서 자신도 모르게 그들에게 동화가 됐기 때문인지, 아니면 무극신공을 완성하여 초탈의 경지에 이르렀기 때문인지는 알 수 없었다.

　또한 화무린은 자신이 변했다는 사실을 지금도 깨닫지 못한 상태였다.

　그가 무림 군웅 쪽을 보면서 그런 생각을 하고 있을 때 창천제도 같은 곳을 보며 같은 걱정을 하고 있었다.

화무린은 소군의 팔을 잡고 그쪽으로 번쩍 몸을 날렸고, 창천제도 동시에 신형을 날렸다.

화무린 등 세 사람이 가담하자 창천고수들과 무림 군웅은 금세 열세에서 벗어났다.

그들 세 사람과 봉선, 은겸, 무아 선사, 철심협개가 원의 일곱 방위에서 좌우의 창천고수와 무림 군웅을 독려하고 전체를 균형 있게 보호하면서 싸우기 때문이었다.

화무린은 저만치 포위망 밖에서 팔짱을 끼고 서 있는 운월군을 힐끗 쳐다보았다.

무슨 생각을 하는 것인지 운월군은 좀처럼 싸움에 가담할 기미를 보이지 않았다.

문득 화무린은 운월군의 속셈을 깨달았다.

'야비한 놈이로군.'

만약 지금 화무린이 운월군에게 덮쳐 간다면 이쪽은 전력이 크게 기울고 말 것이다.

이들 천외무적군은 가장 하위인 서열 이십위 투번고수가 전체의 구 할 오 푼가량을 이루고 있었다.

나머지 오 푼은 서열 십일위부터 십구위까지 망라되었으며, 그들의 전력은 이곳 전체 천외무적군의 삼분의 일에 육박하는 상태였다.

천외무적군은 최하위인 투번고수에서 서열이 한 계단씩

올라갈 때마다 무공 실력은 절반 정도씩 강해진다.

그러므로 평소의 창천제라면 서열 사위인 육천군과 실력이 비슷한 수준이다.

그러나 공력이 평소의 칠 할에 불과한 지금의 창천제는 천외신계의 서열 십일위 번주(幡主)를 오십여 초 안에 죽일 수 있는 정도의 실력이다.

그리고 그는 어쩌다 보니까 정말 번주와 싸우고 있는 중이었다.

지금 이곳에 있는 것은 천외무적군 제구번(第九幡) 휘하의 고수들이고, 창천제와 싸우고 있는 자가 바로 구번주였다.

무아 선사는 소림사의 장문영부인 녹옥불장을 맹렬히 휘두르면서 서열 십삼위 번위막(幡衛幕)과 싸우고 있는데, 팽팽한 접전을 벌이고 있었다.

그러나 철심협개는 다행히 투번고수들을 상대하면서 시종 여유있는 싸움을 진행하고 있었다.

한 시진이 지났을 때 창천고수와 무림 군웅은 이백여 명이 남았고, 천외무적군 제구번은 최초에 천팔백 명에서 사백 명이 죽고 천사백 명이 남게 되었다.

그때였다.

차차차창!

"으악!"

"크아악!"

포위망의 외곽에서 요란한 소리가 터졌다. 그리고 그 소리는 한동안 계속 이어졌다.

하지만 화무린 등이 있는 곳에서는 수많은 천외무적군 때문에 그곳이 보이지 않아 무슨 일이 벌어지고 있는지 알 수가 없었다.

그때 누군가의 우렁찬 외침이 들려왔다.

"장주! 저희들이 왔습니다!"

그러자 화무린의 얼굴에 가볍게 놀라면서도 어이없는 표정이 떠올랐다.

'윤학!'

화무린이 기껏 구해놓고서 안전한 장소에서 쉬고 있으라고 일러두었건만, 윤학을 비롯한 경무장 제자들이 잠시의 휴식을 취한 후에 싸울 수 있는 무림 군웅 백여 명을 이끌고 달려온 것이었다.

불과 백여 명으로 겁도 없이 천사백여 명이나 되는 천외무적군의 옆구리를 뚫으며 덤벼들었다는 사실 때문에 화무린은 어이가 없었던 것이다.

사실 그는 아직 무림 군웅이 천하를 구하려고 하는 의협심이나 자신의 한 몸을 과감하게 내던지는 희생적인 기백 같은 것을 이해하지 못하는 상황이었다.

'분산해서 싸우면 불리하다.'

문득 화무린은 그런 사실을 깨달았다. 더구나 경무장 제자들을 제외한 그쪽의 무림 군웅들은 이쪽처럼 정예라고 할 수 없는 일류고수 정도 수준이었다.

"저쪽으로 이동합시다!"

화무린은 윤학 등이 있는 쪽으로 방향을 잡고 은오검을 떨치면서 빠르게 전진하며 외쳤다.

그의 뒤를 따라 봉선과 은겸, 소군, 무아 선사, 철심협개, 창천제가 칠각(七角)을 점하고, 창천고수들이 각과 각 사이의 선을 이어 십여 장 정도 길이의 타원형을 이룬 채 이동하기 시작했다.

화무린이 선두, 좌우에서 봉선과 은겸이 신들린 듯이 검과 백옥적을 휘둘렀다.

여태까지와는 달리 지금의 화무린은 은오검에서 검기를 뿜어내고 있었다.

화살을 발사하듯이 검기를 발출하여 적의 머리통이나 심장을 꿰뚫기도 하고, 은오검 끝에서 반 장 길이의 검기를 만들어내서 노를 젓듯이 휘둘러 적도들을 쓸어버리면서 빠르게 전진했다.

윤학과 경무장 제자들이 떼죽음을 당할까 봐 마음이 급해서 검기를 사용하고 있는 화무린은 그 순간 한 가지 사실을 깨달았다.

운월군이 바라고 있는 것이 화무린 자신의 공력이 소진되는 것이라면 지금 그자는 분명히 화무린을 예의주시하고 있을 것이다.

'좋아! 그렇다면 너를 철저히 속여주마!'

후우웅!

순간 화무린의 은오검에서 이 장 길이의 반투명한 빛이 뿜어졌다.

'검강!'

좌우에서 싸우던 봉선과 은겸이 그것을 발견하고 해연이 놀랐다.

그러나 사실 그것은 검강이 아니었다. 검기보다 더 약한 검조(劍照)였다.

검강은 강철을 자르고, 검기는 바위를 쪼개지만, 검조는 말 그대로 검을 빛나도록 보이게 할 뿐이다.

검조에 검풍을 더하면 검풍조(劍風照)가 되어 검풍보다 강하고 검기보다 약한 위력을 발휘하지만, 검조 자체만으로는 아무런 위력도 없다.

봉선이나 은겸은 설마 화무린 같은 고수가 검조 따위의 공갈을 치리라고는 상상조차 하지 못했다.

그들이 그렇게 생각한다면 지켜보고 있는 운월군 역시 그럴 것이다.

슈욱!

갑자기 화무린은 무림 군웅의 원형진 선두에서 벗어나 윤학 등이 있는 방향의 천외무적군 속으로 파고들며 맹렬하게 은오검을 떨쳤다.

천외무적군에게 겹겹이 둘러싸여 있으니 그가 무엇으로 그들을 죽이는지는 운월군이 있는 곳에서는 제대로 보이지 않을 것이다.

화무린은 잠영보를 밟아 순식간에 전후좌우로 오륙 장씩 이동하면서 오룡검법을 전개했다.

현재 그의 공력으로는 잠영보 정도의 보법은 아무리 전력으로 전개해도 공력이 눈곱만큼도 축나지 않는다.

그가 잠영보를 전력으로 펼쳐서 좌충우돌하는 것은 검강으로 적을 베는 것처럼 보이게 하려는 의도였다.

실제로 가까이에 있는 봉선이나 은겸조차도 화무린이 검강을 전개하고 있다고 보는데, 하물며 멀리 떨어져 있는 운월군이야 감쪽같이 속지 않겠는가.

화무린이 바람처럼 스쳐 지나는 곳마다 천외무적군들이 처절한 비명을 지르면서 무더기로 쓰러졌다. 마치 추수철에 낫으로 벼를 베는 것 같았다.

그러면서 그가 힐끗 운월군 쪽을 쳐다보니 아니나 다를까, 역시 뚫어지게 이쪽을 주시하고 있었다.

화무린은 대여섯 차례 호흡 정도의 짧은 시간 동안에 삼십여 명의 적을 거꾸러뜨렸다.

'잘 봐라, 운월군!'

이제 운월군을 낚을 최후의 미끼를 던질 차례였다.

슉!

한순간 화무린은 번쩍 수직으로 삼 장 정도 허공으로 솟구쳐 올랐다.

후우우—!

허공중에 우뚝 서 있는 그의 온몸에서 눈부신 금광이 물결처럼 뿜어졌다.

순간 그의 왼손이 품속으로 스며들어 도곤 맨 가장자리에 따로 만든 조그만 주머니 속으로 들어갔다.

"무상검탄강—!!"

파아아아—!

그의 몸에서 금광이 파도처럼 지상을 향해 뿜어졌다.

그러나 번쩍이는 금광 속에 바늘보다 더 가느다란 수십 개의 암기가 교묘하게 감춰진 채 쏘아가는 것을 발견한 사람은 아무도 없었다.

그것은 화무린이 구중천 팔대지옥의 알부타에서 허기를 채우기 위해서 잡아먹은 족제비처럼 생긴 회모유의 가시를 유사시에 사용할 암기로 만들기 위해서 잘게 부숴 뾰족하게 간 다음에 백린홍점사의 독을 바른 '자예(刺銳)'였다.

지궁계에서 소군에게 귀명비도가 담긴 도곤을 받았을 때 화무린은 혹시 나중에 자예를 사용하게 될 일이 생길지도 모른다는 생각이 들어서 도곤에 조그만 주머니를 붙여 달아 그때까지 만들어두었던 자예를 담아뒀었다.

꼭 사용하게 되지 않더라도 힘들여 만든 자예를 그냥 버리기는 아깝다는 생각도 작용을 했었다.

그랬던 자예를 그동안 까마득히 잊고 있었으며, 사용할 일도 좀처럼 없었는데, 그것을 이처럼 시기적절하게 써먹게 될 줄은 몰랐다.

자예는 무려 오십여 개나 남아 있는 것들을 하나도 남김없이 모두 발출했다.

하잘것없는 암기 자예는 봉선과 은겸이 있는 곳에서 윤학이 있는 곳까지 가로막고 있던 천외무적군 오십여 명을 한꺼번에 와르르 쓰러뜨렸다.

팔대지옥의 족제비가 대단히 큰일을 한 셈이었다.

방금 그 광경은 어느 누가 보더라도 화무린이 발출한 금광에 의해서 그들이 쓰러지는 것처럼 보였다.

그러나 오십여 개의 자예는 한결같이 그들의 미간에 박혀서 뇌 속으로 사라졌기 때문에 설혹 나중이라도 의심스러워서 머리를 갈라보지 않는 한, 가느다란 독침에 당했다는 사실은 영원히 비밀 속에 묻히게 될 것이다.

그것으로 크고 작은 두 개의 무림 군웅 대열이 합쳐져서 다시 삼백여 명을 이루게 되었다.

쿵!

화무린은 지상으로 내려서면서 두 발로 땅을 딛고 묵직한 소리를 내며 좀 심하게 비틀거렸다. 물론 운월군에게 보이기 위해서 일부러 그런 것이다.

"낭군님!"

"가가!"

순간 두 마디 날카로운 여자의 외침이 터졌다.

두 여자는 소군과 악소였는데, 두 여자는 마침 팔을 뻗으면 닿을 정도로 가까운 거리에 있다가 외치고 나서는 깜짝 놀라서 서로를 쳐다보았다.

물론 '낭군님'이라고 부른 것은 소군이고, '가가'라 부른 것은 악소였다.

'낭군님'이나 '가가' 둘 다 여자가 남자에게 사용할 때는 연인을 뜻하는 말이다.

아주 잠시 동안 두 여자의 표정이 묘하게 변하면서 둘 사이에 기이한 기류가 흘렀다.

그녀들이 그러든지 말든지 화무린은 내심 오직 운월군이 걸려들기만 고대하고 있었다.

그러면서 은밀하게 전신 공력을 극한으로 끌어올렸다.

"괜찮아요?"

마침 가장 가까이에 있던 봉선이 급히 화무린을 부축하면서 염려 어린 눈빛으로 물었다.

봉선의 그윽한 체향이 훅 하고 끼쳐 왔으며, 그녀의 풍만한 젖가슴이 화무린의 어깨를 지그시 누르고 있었지만 두 사람 다 느끼지 못하고 있었다.

"후후. 괜찮소."

문득 화무린이 입술 끝을 비틀며 묘하게 미소를 지으면서 허리를 폈다.

그 미소에 봉선은 가볍게 흠칫했다.

그리고는 그 즉시 자신이 화무린에게 너무 꼭 밀착해서 잡고 있으며, 자신의 젖가슴이 그의 어깨에 지그시 짓눌려 있는 것을 발견하고는 얼굴이 발갛게 달아올라 황급히 그에게서 떨어졌다.

사실 화무린의 미소는 곧 운월군이 걸려들 것이라는 기대감 때문이었는데 봉선은 엉큼한 미소로 오해를 한 것이다. 화무린이 음험한 생각을 할 리가 없는데도 말이다.

순간 화무린의 눈이 빛났다.

기대했던 대로 운월군과 십령후, 십일령후가 허공으로 비조처럼 떠올랐다가 이쪽으로 쏘아오는 모습이 화무린의 시야에 들어온 것이다.

'걸려들었다!'

거의 같은 순간 창천제와 봉선 등도 운월군이 쏘아오는 것을 발견하고 아연 긴장했다.

창천제와 봉선은 반사적으로 화무린을 쳐다보았다. 두 사람은 자신들도 모르는 사이에 지금 이 무리의 지휘를 화무린에게 맡기고 있는 형편이었다.

그들은 자신들 중에서 운월군을 상대할 사람이 화무린밖

에 없다고 내심 판단했다.

그러나 화무린은 방금 무상검탄강을 전개했기 때문에 기력이 많이 허비되어 비틀거리고 있는데 어떻게 운월군를 상대할 수 있을지 걱정이 앞섰다.

두 사람이 초조한 심정으로 이 난국을 어찌해야 할 것인지를 고민하고 있을 때 그들의 귀에 화무린의 빠른 전음이 전해졌다.

"내가 운월군을 맡을 테니 천제님이 한 놈을, 봉선님이 나머지 한 놈을 맡아주시오. 단, 우리 편을 멀리 벗어나서 싸우지는 마시오."

싸우더라도 틈틈이 우리 편을 돌보자는 깊은 배려가 담겨 있는 말이었다.

창천제와 봉선은 잔뜩 걱정스러운 표정으로 화무린을 쳐다보았다.

그러나 두 사람은 화무린의 입가에 싸늘하면서도 자신감 넘치는 미소가 떠올라 있는 것을 발견했다.

창천제와 봉선은 그 미소를 보는 순간 이유는 알 수 없지만 왠지 믿음직하다는 생각이 들었다.

이윽고 두 사람의 눈이 번뜩였다. 그것은 고수가 진정한 고수를 만나 싸우게 될 때 발하는 눈빛이었다.

쉬이익!

그런데 막상 근처에 이르러 운월군은 허공중에서 뚝 정지해 있고, 십령후와 십일령후 두 명만 화무린을 향해 쏘아 내리는 것이 아닌가.

정말이지 운월군은 끝까지 교활한 자였다.

이 상황이 돼서도 십령후와 십일령후로 하여금 화무린을 공격하여 공력을 허비하게 만들려는 수작인 것이다.

그러나 운월군은 예상하지 못했던 것이다.

십령후와 십일령후가 화무린에게 당도하기도 전에 기다리고 있던 창천제와 봉선이 득달같이 그들을 상대하러 마주쳐 나갈 줄은.

슈우우!

운월군이 그 광경을 보면서 뜻밖인 듯 어? 하는 표정을 얼굴에 떠올릴 때 화무린이 거의 빛과 같은 속도로 그를 향해 쏘아 올랐다.

순간 운월군의 안색이 급변했다.

'함정이라는 것인가?'

화무린은 적혈군, 그리고 흑멸신과 싸워봤기 때문에 그들이 얼마나 강한지 알고 있다.

'길게 끌면 안 된다!'

그는 쏘아 오르면서 어금니를 악물었다.

일전에는 편법을 써서 적혈군과 흑멸신을 급습했었기 때문에 제대로 된 실력을 견식하진 못했었다.

그렇지만 그들이 마지막 순간에 발휘한 일격은 화무린을

죽음 직전까지 몰고 갔었다.

화무린은 자신의 공력이 두 배 이상 증진되긴 했지만 은월군의 진짜 실력을 모르는 상황에서는 혹여 자신이 약할 수도 있다고 생각했다.

그러나 편법이면 어떻고, 사기면 어떤가.

원수들을 죽일 수만 있다면 발가벗고 대로 한복판에서 덩실덩실 춤이라도 출 수 있는 화무린이다.

화무린은 쏘아 오르는 그 짧은 시간에 극한으로 끌어올린 공력을 온몸에 일주천시키면서 당장이라도 폭발시킬 수 있는 상태로 만들었다.

무극신공 이 단계까지 완성하여 삼화취정의 경지에까지 이른 그가 허공으로 숫구쳐 오르면서 공력을 극한으로 끌어올리자 사람의 모습은 보이지 않고 아예 하나의 번쩍이는 금광으로 변해 버렸다.

과연 탄영비활이었다.

창천제는 십령후를 맞이해 쏘아가던 중에 그 광경을 힐끗 보게 되어 얼굴이 놀라움으로 물들었다.

'무극신공!'

화무린의 모습이 아예 보이지 않고 하나의 금빛의 빛덩어리로만 보인다는 것은 이미 무극신공을 극성까지 완성했다는 뜻이었다.

운월군의 불운은 십령후와 십일령후로 하여금 화무린을

상대하게 한 후, 만약 그 둘이 패하면 그때 자신이 나서서 중상을 입었거나 기력이 극도로 고갈됐을 화무린을 상대하겠다는 얄팍한 잔꾀를 부릴 때 시작됐다.

그리고는 그 둘이 합공을 할 때 화무린이 어떻게 싸우는지 지켜볼 심산으로 허공중에 멈춰서 느긋한 마음을 먹은 것이 불운을 무르익게 만들었다.

거기에 창천제와 봉선이 십령후와 십일령후를 상대하러 쏘아나가는 것과 화무린이 자신을 향해 쏘아 오르는 것을 보면서 불운은 절정을 향해 치달렸다.

마지막 불운은, 자신이 화무린에 대해서 완벽하게 착각을 하고 있었다는 사실이다.

그가 화무린을 노리고 있었던 것이 아니라, 화무린이 그를 노리고 있었던 것이다.

정작 화무린이 매[鷹]였고 자신이 참새[雀]였다.

운월군은 언제나 매였지 참새였던 적이 없었다.

화무린, 즉 금빛의 덩어리가 자신의 발아래 이 장까지 쇄도했을 때, 운월군은 화무린의 공력이 추호도 허비되지 않았다는 것과 그의 무위가 자신의 예상을 훨씬 능가한다는 사실을 동시에 깨달았다.

'우라질!'

늦었다. 늦어도 너무 늦어버렸다.

전혀 예상하지 않았던 사실 때문에 잠시 정신을 놓고 있다가 반격할 준비를 갖추지 못했다.

그렇다고 뻣뻣하게 서 있다가 당할 수는 없었다.

선택은 두 가지다.

피하느냐 반격하느냐.

그러나 피하기에는 이미 늦고 말았다.

아니, 설사 피한다고 해도 저 속도라면 어느 방향에서든 재차 공격해 오는 것이 가능할 것이다. 그러므로 결국 피해봤자 소용이 없다는 뜻이다.

그렇다면 결론은 반격뿐이다.

운월군은 자신이 할 수 있는 가장 빠른 속도로 극한의 공력을 끌어올리는 것과 동시에 허리의 구절흑편을 풀어 전력으로 화무린을 향해 뻗었다.

쿠아앗!

구절흑편이 꼿꼿하게 펼쳐지는 것과 동시에 엄청난 위력의 강기가 폭발하듯이 뿜어졌다.

그것은 먹처럼 시커먼 묵광의 빛줄기였다.

화무린은 구중천을 떠나 강호에 나온 이래 이처럼 강력한 강기를 대한 적이 없었다.

그렇지만 그는 추호도 피할 생각이 없었다. 정면승부는 그가 원하고 있던 바였다.

자신이 운월군보다 강하다고 자신해서가 아니라, 한 번 정면으로 부딪쳐 보고 나서 여의치 않으면 그다음을 생각하자는 나름대로의 계산이었다.

화무린은 은오검을 뽑지 않았다.

그에게는 심첩촌을 떠나기 마지막 보름 동안 연마해 둔 그 혼자만의 기발한 수법 하나가 있었다.

앞으로 원수들을 만나면 반드시 한 번 시도해 보리라고 벼르던 수법이었다.

무극신공 이 단계를 운공하면 무형막이 생긴다. 그는 심첩촌 산중에서 그 무형막으로 봉황도, 독수리도, 무형검도 만들어봤었다.

또한 그것으로 작은 산 하나를 다 박살 냈을 정도로 혹독한 수련도 했었다.

사실 그는 아직도 무극신공이라는 말을 모르고 있다. 그렇기 때문에 자신이 심첩촌에서 완성한 것이 조화무극심법 오 단계라고만 여기고 있었다. 그것에 대해서 누가 가르쳐 준 적이 없었기 때문이다.

그의 부친은 자신이 죽을 것이라는 사실을 예측하지 못했기 때문에 아들에게 조화무극심법에 대해서 모든 것을 말해 주지 않았었다.

어쨌든 화무린은 심첩촌을 떠나기 보름쯤 전에 우연히 어떤 수법에 대해서 착안했었다.

그것은 무극신공 이 단계를 운공하여 만들어내는 무형막 에다가, 천지 조화검 삼초식 천지무상의 무상검탄강을 합쳐서 전개하면 어떨까 하는 것이었다.

즉시 그것을 실행에 옮겨본 그는 그 수법이 자신이 예상했던 것보다 더 위력적이라는 사실을 확인할 수 있었다.

그래서 그때부터 보름 동안 밤낮을 잊은 채 집중적으로 그 수법만 연마를 했었다.

하지만 위력이 너무 막강해서 계속하다가는 산 몇 개를 무너뜨릴 것만 같아서 결국 보름 만에 그만두어야 했었다.

그 수법은 공력을 팔성이나 구성을 사용해서도 연습을 할 수가 없었다.

무형막이나 무상검탄강은 전신의 공력을 다 쏟아야 만들어낼 수 있기 때문이다.

그러므로 다른 초식들처럼 공력을 약간만 사용하여 수련하면서 일단 익숙해졌다가 나중에 실전에서 전력을 다하는 식이 불가능했다.

화무린은 지금 그 수법을 발휘하려는 것이다. 완벽하게 숙달되지는 않았지만, 그것은 그가 지니고 있는 무공 중에서 가장 강력한 것이었다.

한순간,

후오오오!

쏘아 오르고 있는 화무린의 몸에서 무엇인가가 그 속도보다 서너 배는 더 빠르게, 그리고 화산이 폭발하는 듯한 위력으로 뿜어져 나갔다.

창천제와 봉선, 그리고 십령후와 십일령후는 막 맞부딪쳐 싸우려다가 머리 위에서 허공을 진저리치게 만드는 기음이 터지고 찬란한 빛이 번쩍이는 것을 느끼고는 약속이나 한 것처럼 그 자리에 뚝 멈추었다.

"천지무극(天地無極)!"

화무린에게서 발출된 것을 발견한 창천제와 봉선의 입에서 동시에 같은 외침이 흘러나왔다.

그들은 오십여 년 전에 성존이 그 수법을 전개하는 것을 본 적이 있었다.

그때 성존은 그것으로 천녀황을 굴복시켰었다.

그것을 오십여 년이 지난 지금 이런 곳에서 다시 보게 될 줄은 꿈에도 생각하지 못한 두 사람이었다.

두 사람은 놀라는 와중에도 자신도 모르게 묘한 감회에 빠져들었다.

십령후와 십일령후도 동작을 멈춘 상태에서 허공을 올려다보고 있었다. 그들은 싸우는 것조차 망각해 버릴 정도로 놀라고 있었다.

화무린과 운월군의 거리는 너무 가까웠다. 일 장 하고도 두 자 정도의 짧은 거리였다.

화무린에게서 발출되어 무시무시한 속도로 솟구쳐 오르고 있는 것은 앞이 뾰족하면서도 금빛이 찬란한 한 자루의 검신이었다. 그렇지만 너무도 쾌속해서 육안으로는 잘 식별하기 힘들었다.

반대 방향에서 내리꽂히는 것은 묵광의 덩어리였다. 운월군이 비록 찰나지간에 발출했다고는 하지만 산악을 부술 위력이 실려 있었다.

천지간의 모든 것이 정지해 버린 듯한 정적이 아주 잠깐 흘렀다.

그리고 다음 순간,

꽈르르릉!

그 아래에 있던 모든 사람들의 고막을 터뜨려 버릴 듯한 굉렬한 음향이 터졌다.

사람들은 그 순간 엄청난 섬광 때문에 허공에서 시선을 돌리거나 눈을 감아야만 했다.

마치 태양이 지상 가까이로 내려와서 폭발한 것 같은 엄청난 눈부심이었다.

공력이 높은 몇몇 사람들만이 그 섬광 속에서 벌어진 광경을 희미하게나마 겨우 볼 수 있었다.

화무린은 쏜살같이 지상으로 튕겨져 내려왔고, 운월군은 허공으로 솟구치고 있었다.

퍼억!

창천제와 봉선 등이 깜짝 놀랄 때 화무린은 그들의 옆 땅에 무지막지하게 추락했다.

창천제와 봉선이 급히 받으려 했지만 너무 빨라서 어쩔 수가 없었다.

반탄력이 얼마나 강했는지 화무린은 땅속에 하체가 허리까지 박혀 버렸다.

그의 입가에서는 실낱같은 핏물이 흘러내리는 것으로 미루어 내상을 입은 듯했다.

창천제와 봉선이 깜짝 놀라서 급히 그에게 쏘아가면서 막 뭐라고 외치려 할 때,

슈아악!

화무린의 하체가 땅속에서 쑥 뽑히면서 빛처럼 빠르게 허공으로 솟구쳐 올랐다.

창천제와 봉선 등은 허공으로 높이 튕겨져 오르고 있는 운월군을 향해 그보다 더 빠른 속도로 쏘아 오르는 화무린을 크게 놀란 표정으로 쳐다보았다.

전력으로 천지무극을 전개하고, 또 운월군의 강기와 정면 충돌을 했으며, 땅에 그처럼 강하게 부딪쳤다면 필경 화무린은 온전한 상태가 아닐 것이다.

그런데도 그 즉시 운월군을 향해 솟구쳐 올랐으니 창천제 등이 놀라는 것도 무리가 아니었다.

두 사람은 화무린의 여러 면에 감탄했지만 그의 강인한 정신력에 다시 한 번 탄복했다.

창천제와 봉선이 짐작한 것처럼 방금의 격돌에서 화무린은 강력한 충격을 입었다.

두 줄기의 각기 다른 공격이 격돌할 때 가볍지 않은 내상을 입고 온몸 뼈마디가 뒤틀리는 고통을 느꼈지만, 지상으로 추락하는 그 짧은 순간에 그는 가장 빠르게 재공격을 해야만 한다고 생각했다.

왜냐하면 자신이 이 정도면 운월군도 무사하지는 못할 것이라고 판단했기 때문이다.

승기는 만들어지는 것이지 기다리고 있으면 찾아오는 것이 아닌 것이다.

그런 점에서 화무린은 천성적인 전사(戰士)의 기질을 타고 났다고 할 수 있었다.

어쩌면 운월군은 화무린보다 더 심각한 상태일지도 모른다. 그가 새롭게 창안한 수법을 전력으로 전개했으니 그럴 가능성이 있었다. 화무린은 부디 그러기를 빌었다.

사실 운월군의 공력은 화무린과 비슷한 수준이었다.

그러나 실상 그는 화무린보다 조금 더 심각한 내상을 입었으며, 직접적인 충격이 가해진 채찍을 잡은 오른손 손목과 팔꿈치 뼈가 박살 난 상태였다.

그가 그렇게 된 것은 방심을 하던 중에 급습을 당한 데다가, 화무린이 발출한 수법 '천지무극' 의 너무도 가공한 위력 때문이었다.

결과적으로 말하자면, 공력은 비슷했는데 화무린의 무공이 강한 덕분이었다.

"우욱!"

운월군은 아직도 계속 솟구쳐 오르면서 왈칵 검붉은 핏덩이를 토해냈다.

화무린은 짧은 거리인 지상으로 추락했지만, 운월군은 허공으로 팅겨졌기 때문에 반탄력이 소멸될 때까지 계속 솟구치고 있는 중이었다.

웬만큼 팅겨져 올라 반탄력이 감소했을 때에는 자력으로 멈출 수 있었지만, 굳이 그러고 싶지 않았다.

솟구쳐 오르면서 휴식을 취하는 동시에 다음에 어떻게 대처할 것인지를 강구하려는 의도였다.

그러나 그것이 그의 생에서의 최후의 실수였다.

'일단 물러난 후 수하들에게 일제 공격을 명령한 다음에 기회를 노리…….'

그는 속으로 거기까지 중얼거리다가 뚝 멈췄다.

무언가 흐릿한 것이 자신의 곁을 번개같이 스치면서 솟구친 듯한 느낌을 받은 것이다.

반사적으로 위를 올려다보던 그의 얼굴이 한순간 경악으로 물들었다.

착각이 아니었다.

방금 스쳐 올라간 것은 화무린이었다.

'이런……!'

완전히 방심의 허를 찔리고 말았다.

더구나 화무린은 밑에서 쏘아 오르며 공격할 수도 있었는데 그렇게 하지 않았다.

운월군은 화무린의 속셈을 간파했다.

위쪽에서 운월군 자신을 굽어보면서, 누구에게 당하는 것인지 두 눈으로 똑똑히 보게 한 후에 공격하겠다는 건방지면서도 자신만만한 태도인 것이다.

반대로 운월군에게는 더없는 치욕이었다.

운월군의 온몸의 털이 한꺼번에 일어났으며 몸이 극도로 옹송그려졌다.

하지만 그는 있는 힘껏 이를 악물었다.

'그리 쉽게 당하지 않는다!'

쥐어짜내듯 온몸의 남은 공력을 끌어올리는 즉시 오른팔에 집중시켰다.

'빌어먹을!'

그러나 그는 곧 자신의 오른 손목과 팔꿈치가 박살 났다는 사실을 깨달았다.

히죽.

그때 운월군은 화무린이 입가를 슬쩍 비틀면서 차갑게 미소 짓는 것을 발견했다.

"북경 천화장을 기억하느냐?"

화무린의 입에서 조용히 흘러나온 말.

운월군은 어리둥절한 표정을 지었다가 한순간 정신이 번

쩍 들었다.

십삼 년 전에 무쌍신과 육천군이 북경 천화장을 급습했다는 사실을 알고 있는 사람은 천녀황과 당사자인 무쌍신, 그리고 육천군뿐이었다.

"설마 너!"

그 순간 화살촉을 불에 새빨갛게 달군 화살 한 대가 옆머리를 관통하는 듯한 충격을 받으면서 운월군이 바싹 마른 입술을 뗐다.

"그 당시에 일곱 살짜리 어린 사내아이 하나가 마당의 석등 속에 숨어 눈앞에서 벌어지는 참혹한 광경을 보며 분노의 눈물을 흘리고 있었지."

그렇게 씹어뱉는 화무린의 눈앞에 십삼 년 전 그날 밤의 영상이 생생하게 떠올랐다.

"……."

화무린 입가의 냉혹한 미소가 씻은 듯이 사라지는 대신 두 눈에서 흉흉한 안광이 줄기줄기 폭사됐다. 만약 안광이 무기라면 운월군의 몸은 수백 조각으로 쪼개졌을 것이다.

"그 아이가 바로 나 화무린이다, 운월군."

"이, 이……."

운월군은 말을 하려는데 말이 되어 나오지 않고 인후(咽喉)에서 그렁그렁하는 소리만 났다. 너무 놀랐으며 너무도 어이가 없었다.

“운월군! 내 가족의 이름으로 널 처단한다―!”

화무린의 입에서 대갈일성이 터지는 순간 그의 오른손에
한 자루 투명한 무형검이 쥐어졌다.

무극신공 이 단계로 만들어낸 무형검이었다.

하지만 이대로 호락호락 당할 운월군이 아니었다. 구절흑
편은 박살 난 오른손에 쥐어져 있지만, 그의 무공이 편법만
있는 것은 아니었다.

번쩍!

무형검이 일말의 음향도, 기척도 없이 눈부신 무형광만을
뿌리면서 허공을 가르는 순간, 운월군의 왼손이 화무린을 향
해 뻗어졌다.

삭!

뻐억!

무형검이 번개같이 운월군의 목을 수평으로 자르면서 내
는 미약한 소리와 한줄기 장력이 화무린의 어깨에 작렬하는
소리가 동시에 터졌다.

화무린은 튕겨져 날아가면서 어깨가 부서지는 통증을 느
꼈지만 이를 악물고 참았다.

이어 탄영비활을 전개하여 추락하는 운월군을 향해 쏜살
같이 내리꽂혔다.

척!

그의 왼손이 운월군의 깨끗하게 상투를 튼 머리카락을 움

켜잡았다.

그 순간 원래 잘라져 있던 운월군의 목이 몸통에서 뚝 분리되어 수급은 화무린의 손에 움켜쥐어지고 몸뚱이는 아래로 계속 추락했다.

털썩!

우연인지 운월군의 몸뚱이가 창천제와 봉선, 십령후와 십일령후가 마주 보고 서 있는 가운데 풀밭 위에 둔탁한 소리를 내면서 떨어졌다.

원래 깔끔하게 잘라진 목이라서 피가 흐르지 않았는데, 지상과 충돌하는 충격 때문에 비로소 목에서 분수처럼 피가 뿜어져 올랐다.

그 순간 창천고수들도, 무림 군웅도, 천외무적군도 모두 침묵에 빠졌다.

아무도 입을 열지 않았다.

모두들 운월군이 누군지 잘 알고 있었다.

천외신계 서열 사위인 육천군 중에 다섯째.

화무린이 그를 죽인 것이다.

"핫핫핫핫핫—!"

그때 당쾌가 호탕한 웃음을 터뜨렸다.

그는 지상에서 이 장 높이 허공에 우뚝 정지한 상태에서 운월군의 수급을 움켜쥐고 있는 화무린을 가리키면서 더 크게 웃었다.

"우핫핫핫—! 천외신계의 개들아! 저 사람이 바로 구령후와 적혈군, 흑멸신을 죽였으며, 이제 운월군마저 죽인 은오검객이다! 눈깔 똑바로 뜨고 잘 봐라, 이놈들아!"

화무린이 은빛의 검을 사용하는 것을 보고 어쩌면 그가 은오검객일지도 모른다고 짐작한 자들이 더러 있었으나, 대부분 그의 신분을 모르고 있다가 당쾌의 말에 비로소 아연실색 경악하는 표정을 떠올렸다.

원래 인간에게만 존재하는 감정이라는 것은 무슨 일이 있어도 절대 사라지지 않는다. 다만 혹독한 훈련에 의해서 사라진 것처럼 보일 뿐이지만, 사실은 가슴 깊은 곳에 꾹꾹 억눌려져 있는 것이다.

그렇게 천외무적군의 억눌려져 있던 감정 중에서 '경악'과 '공포'라는 두 개가 스멀스멀 피어올랐다.

그때 화무린이 깃털처럼 스르르 하강하면서 쩌렁쩌렁하게 외쳤다.

"천외신계의 개들아! 여기가 바로 네놈들의 무덤이다!"

그는 외침과 함께 비스듬히 십령후와 십일령후를 향해 쏘아가며 무상검탄강을 전개했다.

이곳에 있는 천외무적군 중에서 가장 강한 자는 그 두 명뿐이었다.

그들을 처치하고 나면 나머지는 어떻게든 해결할 수 있을 터이다.

　화무린은 기력이 크게 떨어지고 내상을 입었으며 왼쪽 어깨에 극양지공을 적중당한 상태였지만 이대로 주저앉을 수가 없었다.

　'쓰러지는 것은 모조리 죽인 다음이다!'

　그는 어금니를 힘있게 악물었다.

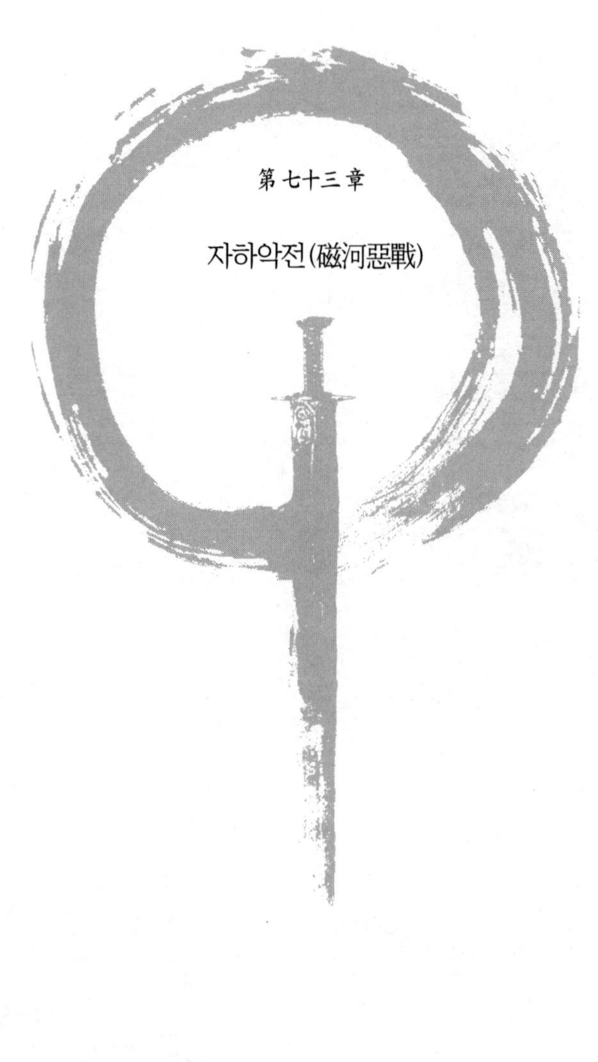

第七十三章

자하악전(磁河惡戰)

 그믐달의 흐린 빛이 스산하게 대지를 비추던 밤이 지나가
고 다음날 새벽 동이 터올 무렵에야 처절하고 지루한 싸움이
막을 내렸다.
 강가의 드넓은 초원에 밝은 햇살이 비출 때 그곳에 서 있는
것은 단 한 사람뿐이었다.
 화무린, 그였다.
 그의 오른손에는 은오검이 쥐어진 채 비스듬히 땅을 향해
뻗어 있었다.
 원래 은빛의 은오검은 손잡이부터 검끝까지 온통 시뻘건
피로 물들어서 혈검(血劍)으로 변해 있었고, 검끝에서 방울방

울 핏방울이 흘러내렸다.

검만 그런 것이 아니라 화무린의 온몸도 피칠을 한 악귀나 찰 같은 섬뜩한 모습이었다.

어제 오후에 이곳에 도착한 이후부터 지금까지 그 혼자 죽인 적도들은 줄잡아 오백여 명에 달했다. 한 명이 죽인 수로는 지나치게 많았다.

만약 죽은 자들이 천외무적군이 아니었다면, 그는 살인마라고 불리기에 충분했다.

넓은 초원에는 그 끝이 보이지 않을 정도로 수많은 시체들이 깔려 있었다.

천외무적군 제 구번 전멸. 그리고 운월군과 십령후, 십일령후의 죽음.

창천고수와 무림 군웅 쪽도 피해가 컸다. 살아남은 사람은 오십삼 명 정도였다.

소군과 창천제, 봉선, 은겸, 당쾌, 악소, 무아 선사, 철심협개, 윤학과 네 명의 당주를 비롯하여 이십오 명의 창천고수와 나머지는 무림 군웅들이었다.

그들이 살아남은 이유는 두 가지였다.

살아남을 만큼 강했던가, 아니면 강한 사람의 보호를 받았다는 것.

윤학과 네 명의 당주는 강했지만 끝까지 살아남을 정도는 아니었다.

그들은 화무린의 끊임없는 보살핌 덕분에 살았다. 그러나 보살핌만 있다고 살아남는 것은 아니다.

보살핌과 자신의 실력이 적절히 조화를 이루어야 끝까지 살아남는 행운을 얻을 수 있다.

창천고수들은 원래 강해서 살아남았고, 무아 선사는 소림 제자를, 철심협개는 개방 제자를 보호하느라 애썼다.

악소와 당쾌는 살아남을 정도의 실력이 아니었지만 화무린의 철저한 보호 덕분에 생존할 수 있었다.

그러나 살아남은 사람들 모두의 공통점이 있었다.

아무도 무사하지 못하다는 것, 그리고 모두 중상을 입었다는 사실이다.

살아남은 사람들의 온몸은 어디 한 군데 성한 곳 없이 베이고 찔려서 자신의 피와 적의 피로 온통 피칠을 한 끔찍한 모습이었다.

화무린을 제외한 생존자들은 모두 앉거나 누워서 운공조식을 하던가 상처를 치료하고 있었다.

그러면서 그들은 화무린을 쳐다보았다.

어제 이곳에 처음 출현했을 때와 지금의 화무린은 그들에게 전혀 다른 사람으로 보였다.

지금 그들의 눈에는 화무린이 천신(天神)처럼 위대하게 보이기도 했고, 쳐다보기조차 두려운 소름 끼치는 살인귀(殺人鬼)처럼 보이기도 했다.

그러나 한 가지 분명한 것은, 모두들 화무린에게 알 수 없는 경외심(敬畏心)을 느끼고 있다는 사실이었다.

지금의 화무린에게는 창천제나 봉선, 심지어 은겸조차도 함부로 범접하기 어려운 그 무엇이 있었다.

쉭!

그때 묵묵히 서 있던 화무린이 손목을 가볍게 흔들어 은오검을 슬쩍 떨쳤다.

그러자 은오검에 흠뻑 묻어 있던 피가 허공에 확 뿌려지면서 한 마리 핏빛 까마귀를 만들었다가 사라졌다.

그 광경은 너무 아름다워서 그것을 보고 있던 사람들은 한동안 넋 잃은 표정을 지었다.

화무린은 깨끗해진 은오검을 어깨에 메고 천천히 한쪽 방향으로 걸어갔다.

그가 향하는 방향에는 소군이 운공조식을 하고 있었다.

그는 소군에게 이르러 그 뒤에 가부좌의 자세로 앉은 후 손바닥을 뻗어 그녀의 명문혈에 대고 부드러운 진기를 주입시켜 주었다.

그것을 본 사람들은 적잖이 놀라고 또 감탄했다.

화무린 역시 많이 다치고 극도로 지친 상태면서도 소군에게 진기를 주입하고 있는 것이다.

그것은 그가 소군을 얼마나 사랑하는지 여실히 증명하는 행동이었다.

그렇지만 그 광경을 바라보는 한 쌍의 아름다운 눈에 슬픔과 절망이 일렁이고 있었다.

그 눈의 주인은 악소라는 이름을 갖고 있었다.

그녀는 오랫동안 화무린에게서 시선을 떼지 못했다.

이 싸움이 벌어진 날부터 채 사흘이 지나기도 전에 천하에서는 자하 강변에서 벌어진 경천동지의 전투를 '자하악전(磁河惡戰)' 이라고 부르게 되었다.

그리고 자하악전은 '은오검객' 이라는 별호를 당금 천하의 신성(新星)으로 떠오르게 한 싸움이기도 했다.

*   *   *

불과 사백여 명의 창천고수와 무림 군웅이 천팔백여 명이나 되는 천외무적군을 전멸시킨 '자하악전' 의 소문은 순식간에 천하로 퍼져 나갔다.

'묘봉산대혈전' 과 '자하악전' 은 규모 면에서 비교할 수 없을 정도의 큰 차이가 있었다.

하지만 그 두 종류의 극명한 성격의 싸움이 천하인에게, 아니, 천중인계와 천외신계에 미친 영향은 지대했고 또 판이하게 달랐다.

'묘봉산대혈전' 은 천중인계의 사람들을 헤어날 수 없는 깊은 수렁 속으로 빠뜨렸었다.

그것은 영원히 헤어날 수 없을 것 같은 절망이었다.

반면에 천외신계는 그 싸움을 발판 삼아 빠르게 천중인계를 잠식해 들어갔었다.

그들은 천하 방방곡곡에서 '묘봉산대혈전'의 천중인계 쪽 잔당과 그 싸움에 참가하지 않은 방, 문파들까지도 빠르게 공격하거나 혹은 굴복시켰었다.

그러나 '자하악전'은 정반대의 결과를 이끌어냈다.

발길 닿는 곳마다 절망의 한숨 소리만 흘러나오던 천중인계는 그 싸움 직후 믿을 수 없을 만큼 빠른 속도로 되살아나기 시작했다.

뿔뿔이 흩어져서 제 살길만 모색하던 방, 문파와 무림인들이 둘씩 셋씩 뭉쳐 힘을 키웠다.

며칠 전에 천외신계에 굴복하여 충성을 강요받았던 방, 문파들도 분연히 떨치고 일어나 단결의 대열에 동참했다.

'묘봉산대혈전' 이후의 천중인계는 막강한 천외무적군 앞에서 그저 쓸모없는 들풀 같은 존재였었다.

그리고 천외무적군은 북쪽에서 몰아친 북풍한설이었고, 천중인계는 바싹 마른 들풀이 되어버렸었다.

거기에 불을 붙인 불씨 역할을 한 것이 '자하악전' 이었다.

천하 곳곳에서 마른 들풀이 거세게 타오르기 시작하더니 마침내 산천초목을 불사르기 시작했다.

반면에 천외신계는 넋 놓고 있다가 치명타를 얻어맞은 꼴이 되고 말았다.

'묘봉산대혈전' 이후 이제 다 잡았다고 생각한 천중인계였는데, 단 며칠 사이에 전세가 역전이 되어버린 것이었다.

최초의 천외신계는 거대하고 단단한 바위였으며, 천중인계는 계란일 뿐이었다.

수천 수만 개의 계란으로 거대한 바위에 부딪쳐 봤자 결과는 너무도 뻔했다.

그러나 '자하악전' 이후 그 계란들이 점차 바늘로 변하고 송곳으로 변하는가 싶더니 마침내 끝이 되어 바위를 쪼아대기 시작했다.

결론적으로 말하자면 '자하악전'이 벌어진 지 보름여가 지난 현재, 천중인계와 천외신계의 세력은 어느 쪽이 우위라고 잘라서 말할 수 없는 백중지세를 이루고 있었다.

*   *   *

고래로 중원 천지에서 안국현처럼 가장 짧은 시일 동안에 유명해지고 또 수많은 무림고수들로 북적인 현은 전례를 찾아보기가 어려웠다.

'자하악전' 이후 며칠 사이에 안국현 백여 리 이내의 방, 문파들과 무림인들이 빠르게 모여들기 시작했다.

　그러더니 보름여가 지난 지금은 수백 리 떨어진 곳, 아니, 천하 곳곳에서 적게는 수십 명, 많게는 수백 명씩 무리를 이루어 안국현으로 줄을 지어 모여들고 있었다.

　이유는 단 하나, 안국현 백학서원에 '자하악전'의 주역인 은오검객과 여러 영웅들이 있다는 소문이 천하에 파다하게 퍼져 나갔기 때문이었다.

　일단 안국현으로 들어선 군웅들은 다시는 발걸음을 되돌리지 않았다.

　원래 안국현의 인구는 만 오천 명 수준이었다. 현민이 절대다수를 차지하는 일만 사천칠백 명 정도고, 무림인은 삼백여 명 남짓이었다.

　무림인이라고 해봤자 대부분 이류나 삼류 수준의 하급무사들이 대부분이었다.

　안국현이 수용할 수 있는 최대 인원은 기존의 현민(縣民)을 포함하여 이만여 명 정도다.

　그런데 오늘 현재 안국현에 몰려와 있는 사람들은 무려 육만여 명에 육박하고 있는 상황이니, 그야말로 현이 미어터질 지경이었다.

　현 내의 주루나 객잔, 기루, 다루는 물론이거니와, 아무런 연관도 없는 현민들의 장원에도 무림인들이 꽉꽉 들어찼으며, 집 비슷하게 생기기만 한 곳이라면 어김없이 무림인들이 찾아가 머물기를 청했다.

그렇게 해도 안국현 내에 머물 수 있는 사람은 삼만여 명에 불과했다.

나머지 삼만여 명은 할 수 없이 안국현 밖 너른 들판에 모여서 지낼 수밖에 없었다.

그들은 그곳에 여러 개의 군락을 지어 큰불을 피우고 추위를 달래며 궁핍하게 있으면서도 좀처럼 떠날 생각을 하지 않았다.

그러는 중에도 무림인들은 계속 구름처럼 안국현으로 몰려들었다.

그들은 오직 천중인계를 구하겠다는 일념으로 은오검객이라는 이름 아래에 운집한 진정한 협의지사들이었다.

뒤늦게 도착한 그들은 들판에서 기거할 수밖에 없었지만 결코 외롭지 않았다.

안국현의 백성들이 너도나도 앞장서서 밥과 음식을 해서 그들에게 날랐다.

그리고 천하 도처에서 식량과 물자를 실은 수레들이 안국현으로 속속 답지했다.

그들 모두는 생업에 종사하는 일반 백성들이었다. 안국현에 천중인계를 구할 무림 군웅들이 속속 운집하고 있다는 소문을 전해 듣고 생업을 팽개친 채 그들을 돕기 위해서 부랴부랴 먼 길을 달려온 것이다.

목수들은 벌판의 군웅들이 비바람을 피해 임시로 기거할

수 있는 임시 건물을 지었다.

그리고 아낙네들은 밥을 했으며, 대장장이는 각종 무기를 수리, 보수해 주는 식이었다.

무엇이든 재주가 있는 사람들은 어떡해서든 군웅들을 도우려고 안달복달했다.

이제 천하의 중심은 북경에서 얼마 전까지만 해도 한낱 촌이었던 안국현으로 천도하고 있는 중이었다.

그로부터 닷새가 더 지났을 때에는 안국현에 큰 변화가 생겨 있었다.

그때까지 안국현에 운집한 무림 군웅의 수는 무려 팔만여 명에 이르렀다.

창천제의 명령과 봉선, 은겸의 지휘 아래 이십오 명의 창천 고수들이 그들 팔만여 명을 무공 실력에 따라서 상, 중, 하로 분류했다.

그렇게 하여 천지인(天地人) 삼군(三軍)이 탄생했다.

천비군(天飛軍) 오천.

지홍군(地鴻軍) 이만.

인의군(人義軍) 오만 오천.

천비군은 일류고수 이상의 수준이고, 지홍군은 이류, 인의군은 삼류와 그 이하였다.

창천제와 봉선, 무아 선사, 철심협개 등은 처음부터 천비군과 지홍군만 창설하고 인의군은 해산시키자는 데에 뜻을 함께했었다.

그것을 화무린이 단호히 반대했다.

그 역시 무공의 '무' 자도 모르던 시절이 있었다.

그리고 십오 세 이후 그가 무공을 익혀왔던 과정을 돌이켜보면 몇 차례의 도약기가 있었다.

한 번 도약할 때마다 그는 예전보다 배 이상 강해졌다.

화무린은 오만 오천의 인의군도 천중인계를 구하겠다는 숭고한 결의만 지니고 있다면 훌륭한 인재가 될 수 있다고 판단했다.

어둠 속에서는 누구나 길을 잃고 더듬거리기 마련이다.

누군가 그 어둠 속에서 빛을 밝혀주고 또 길을 안내해 준다면 인의군은 장차 훌륭한 강군이 될 수 있을 것이라는 게 화무린의 생각이었다.

그의 말에 모두들 크게 공감했다. 그래서 무아 선사는 소림 제자들로 하여금 인의군이 연마할 만한 적합한 소림 무공을 가르치도록 했으며, 철심협개는 개방 무공을, 악소는 악가 검법을, 화무린은 두 명의 당주로 하여금 경무장의 선유검법을 가르치라고 지시했다.

안국현 밖 너른 벌판에는 한겨울의 혹한에도 아랑곳하지 않은 채 수만 명의 군웅들이 터뜨리는 기합 소리가 연일 천지를 진동시켰다.

“이제 완전히 회복됐습니다.”

실내 한복판에 우뚝 선 화무린이 조용하지만 힘있게 입을 열었다.

넓은 내전 안에는 ‘자하악전’의 혁혁한 주역들이 모두 모여 있었다.

‘자하악전’ 당시 가장 심한 부상을 당한 사람은 놀랍게도 화무린이었다.

그의 활약이 가장 눈부셨다는 사실을 상기한다면 그것은 그리 놀라운 사실도 아니었다.

그 사실이 나중에 밝혀졌을 때 사람들은 크게 놀라고 또 감탄을 금치 못했다.

화무린은 운월군과 싸우는 과정에서 공력을 크게 허비했으며 또 가볍지 않은 내상과 왼쪽 어깨뼈가 박살 나는 중상을 입었다.

그런데도 그는 잠시도 쉬지 않고 군웅들을 독려하여 그 즉시 싸움을 시작했었다.

그 결과 다음날 동틀 녘 기진맥진할 때까지 그는 도검에 베고 찔린 일곱 군데의 상처를 더 입게 되었다.

그가 만약 천외무적군을 죽이는 일에만 전력했더라면 그처럼 심하게 다치지는 않았을 것이다.

싸우는 와중에 소군과 경무장 제자들, 악소, 당쾌 등을 두루 보호하느라 동분서주했기 때문에 그리된 것이다.

싸움이 끝난 직후에 창천제는 화무린의 상태를 살펴보고 나서 최소한 두 달 이상은 치료와 정양을 해야 완치될 것이라고 진단했다.

그런데 그는 불과 이십 일이 지난 지금 자신은 거뜬하다고 당당하게 말하고 있다.

화무린은 '자하악전' 직전에 당하 강가에서 윤학 등을 구할 때 그곳에 있던 천외무적군 번수장에게서 천녀황과 혈옥녀, 혈도신 등이 구중천주를 추격하느라 오대산에 있다는 실토를 받아낸 적이 있다.

그 사실을 '자하악전'이 끝난 후 창천제와 봉선 등에게 말했을 때 그들은 처음 알게 된 사실에 크게 놀라면서도 조급해했었다.

화무린은 당장 오대산으로 출발하자고 제안했다.

그의 목적은 구중천주와 그가 이끄는 사람들을 구하는 것이 아니라, 그를 추격하고 있는 천녀황 일행을 찾아서 복수를 하려는 것이다.

그는 마음이 너무 급했다. 천녀황이 언제까지나 오대산에 머물지는 않을 것이었기 때문이다.

그러나 창천제는 일언지하에 불가하다고 잘라 버렸다.

그 역시 어느 누구보다 오대산으로 달려가고 싶은 마음이 굴뚝같았다.

하지만 모두들 몸이 성하지 않은 터였고 오십여 명 남짓한 사람들만으로 구중천주를 구하러 간다는 것은 별 도움이 되지 않았기에 속이 한발(旱魃)의 논바닥처럼 타 들어가면서도 어쩔 방도가 없었다.

창천제는 화무린을 비롯한 모두에게 치료에 전념하라고 당부해 놓고, 자신 역시 치료를 하는 틈틈이 구중천의 남은 세력들과 끊임없이 연락을 취했다.

그 결과 구중천 팔천제 중 한 명인 호천제(昊天帝)와 가까스로 연락이 닿을 수 있었다.

직후 호천제와 그가 이끄는 호천고수 이백여 명이 백학서원에 당도한 것은 지금부터 여드레 전이었다.

또한 '묘봉산대혈전' 이후 뿔뿔이 흩어져 있던 구중천 고수를 삼백 명 정도 소집할 수 있었다.

더구나 생각지도 않았던 무림 군웅들이 안국현으로 속속 모여들어 무려 팔만여 명에 이르게 되었다.

'자하악전'이 끝난 지 오늘로써 이십 일째다.

창천제는 완전히 회복했다고 말하며 늠름하게 서 있는 화무린을 묵묵히 쳐다보았다.

사실 화무린은 완전하게 낫지 않았다.

공력은 완벽하게 회복됐지만 부서진 어깨뼈가 완전히 낫지 않은 상태였다.

그러기는 모두들 마찬가지였다. 겉으로 보기에는 많이 나은 것 같지만, 속으로는 아직도 여기저기 성치 않은 곳을 한 두 군데쯤 지니고 있었다.

그렇다고 모두들 완전히 나을 때까지 부지하세월로 기다 릴 수만은 없는 상황이었다.

창천제는 가까운 곳에 앉아 있는 봉선과 호천제를 번갈아 쳐다보았다.

봉선은 말없이 가볍게 고개만 끄덕여서 출발하자는 것에 동의를 표했다.

그녀는 등을 깊이 찔렸으며 어깨를 베이고 장력에 적중당 해 가볍지 않은 내상을 입었으나 지난 이십여 일 동안 꾸준히 치료한 결과 많이 나아진 상태였다.

그녀는 구중천주의 좌호법이라는 막중한 신분이다. 그러 므로 오대산으로 달려가고 싶은 마음은 화무린보다 더했으면 더했지 못하지는 않을 터이다.

창천제의 시선이 봉선 옆에 앉아 있는 한 명의 홍의노인에 게 향했다.

검은 수염에 검은 머리, 불그레한 안색을 보면 육십여 세도 안 되어 보이는데 사실은 창천제와 비슷한 연배였으며, 그가 바로 호천제였다.

호천제는 묵직한 목소리로 입을 열었다.

"창천, 노부는 언제든 준비가 되어 있소."

창천제가 자상해 보이는 외모라면 호천제는 위엄있으면서 도 용맹해 보이는 외모였다. 그리고 두 사람은 성격과 외모가 거의 일치했다.

호천제는 부상을 당하지 않은 상태였지만 휘하의 이백여 명의 호천고수만을 이끌고 구중천주를 구하러 갈 수가 없어서 이제나저제나 기다리고 있던 참이었다.

창천제와 호천제는 같은 천제지만, 호천제는 합류한 입장이라서 이곳의 지휘자는 자연히 창천제가 되었다.

창천제는 좌중을 한차례 천천히 둘러보고 나서 이윽고 고개를 끄덕였다.

"좋소. 천주께 갑시다."

좌중에는 서 있는 화무린 외에 창천제와 호천제, 봉선이 앉아 있고 그녀 뒤에는 은겸이 서 있으며, 한쪽에 무아 선사와 철심협개가 나란히 앉아 있었다.

소군은 서 있는 화무린 뒤쪽 의자에 앉아 있었고, 그 옆에는 화무린이 앉았던 빈 의자가 있다.

소군은 창천궁 휘하의 일개 나찰이라는 지위고, 화무린은 선천고수로서 창천궁 소속 창천십칠호다.

하지만 그들 두 사람을 그런 신분 정도로 생각하고 있는 사람은 아무도 없었다.

적어도 이곳에서만큼은 그랬다.

그때 창천제는 미리 생각해 두었던 계획을 침착한 어조로 설명했다.

"노부와 본천고수 삼백 명, 호천제와 호천고수 백오십 명,

천비군 삼천을 이끌고 가겠소.”

그는 화무린을 쳐다보며 미소 지었다.

“물론 자네가 앞장서야겠지.”

문득 소군의 얼굴에 불안함이 스쳤다.

“천제님, 속하는요?”

창천제는 온화한 미소를 지으며 소군을 쳐다보았다.

“바늘이 가는데 실이 가지 않는다면 말이 안 되겠지?”

물론 바늘은 화무린이고 실은 소군이다.

소군은 창천제가 설마 그렇게 말할 줄은 몰랐던 터라 얼굴을 노을처럼 붉히며 수줍음에 어쩔 줄 몰라 했다.

그즈음 그녀가 화무린의 여자라는 사실은 모르는 사람이 거의 없을 정도였다.

그녀는 ‘자하악전’에서 은오정녀(銀烏情女)라는 아호를 얻었는데, 그 이유는 순전히 그녀가 은오검객의 여자라는 사실 때문이었다.

여북하면 은오검객과 은오정녀가 생사를 넘나드는 치열한 혈전 속에서 서로 애틋하게 정을 나누더라는 얘기가 천하에 파다하게 퍼졌겠는가.

정작 불안한 사람은 봉선과 은겸이었다. 창천제가 두 사람의 이름을 호명하지 않았기 때문이다.

“봉선님.”

봉선은 자신을 부르는 창천제의 목소리에서 방금 느낀 불안함을 확인했다.

"은겸과 함께 이곳을 지켜주십시오."

"……."

봉선은 대답하지 않았다. 그녀는 속으로는 구중천주의 좌호법인 내가 가야만 한다고 소리 높여 외치면서도 천성적인 인내심으로 입을 굳게 다물고 있는 것이다.

그녀는 잠시 눈을 꾹 감았다. 그리고 자신이 해야 할 말을 정리한 후 창천제에게 반박하기 위해서 눈을 뜨며 막 입을 열려 했다.

그때 화무린이 봉선에게 조용히 말했다.

"봉선님, 우리가 무엇을 하든 다 사람들을 편안하게 살게 하려는 것이 아니겠소?"

어떻게 들으면 그 말은 지금 이 상황하고는 어울리지 않는 것처럼 들릴 수도 있었다.

화무린은 '자하악전' 이후 많은 생각을 했다. 주로 심첩촌 단상익네 가족에 대해서였다.

왜 자꾸 시도 때도 없이 그들이 생각나는 것인지는 그 자신도 알 수가 없었다.

그러다가 어느 순간에 만약 천외무적군이 천하를 지배하게 되면 무림인뿐만 아니라 단상익 가족을 포함한 아무것도 모르는 일반 백성들까지도 고통을 겪게 될 것이라는 데에 생각이 미쳤다.

나라든 조직이든 그 무엇이든, 침공을 하거나 전쟁을 일으키는 데에는 반드시 목적이 있게 마련이다.

그런 점에서 봤을 때 천외신계가 삼천계를 지배하려는 목적은 그저 정복욕이나 지배욕, 혹은 천녀황의 사사로운 원한 때문만은 아닐 것이다.

예외적인 이유가 없는 한 예로부터 침공이나 전쟁의 최종 목적은 부(富)의 창출에 있어왔다.

또한 부를 창출하고 축적하려면 반드시 가혹한 착취가 선행되어야만 한다. 그리고 그 대상은 어느 한 부류에 한정되지 않고 천하 모든 백성이 된다.

화무린이 보고 접하고 느낀 것은 단상익네 가족뿐이지만, 천하에는 단상익네 같은 가족이 수없이 많을 것이다.

그것을 확인하려고 굳이 발품을 팔면서 천하를 돌 필요는 없을 것이다.

단상익네 한 가족을 보면 천하의 백성을 익히 알 수 있지 않겠는가.

그것은 하나를 보면 미루어 열을 알 수 있고, 이미 있는 사실을 보고 다른 것도 능히 짐작할 수 있는 것이나 다름이 없는 것이다[餘皆倣此].

그래서 화무린은 결론을 내렸다.

천외신계에게 천하를 내주게 되면 수많은 단상익네 가족이 고통에 빠지거나 죽게 될 것이니 할 수만 있다면 그것을 막아야 한다고.

그렇지만 그것이 원수를 갚는 것보다 중요하다는 생각은 하지 않았다.

방금 화무린이 봉선에게 한 말은 그런 맥락에서 나온 것이다.

봉선은 눈을 깜빡이며 잠시 화무린을 바라보다가 이윽고 방그레 미소를 지으며 고개를 끄덕였다.

"당신 말이 맞아요. 내가 실수를 할 뻔했군요."

그녀는 곧 창천제에게도 미소를 지어 보였다.

"창천제님, 저와 은겸님이 이곳을 충실히 지킬 테니 안심하고 가서서 천주님을 모셔오세요."

지난 이십여 일 사이에 안국현은 일약 무림의 성지(聖地)로 급부상했다.

현재 팔만여 무림 군웅이 운집했고, 지금 이 순간에도 수많은 무림 군웅이 줄지어 찾아들고 있는 중이다.

그들 한 명 한 명은 천외신계라는 대어를 잡아 올릴 거대한 그물의 그물코 하나하나와 같은 존재이다.

필경 천녀황은 구중천주를 추격하고 있는 중이라서 이곳까지는 미처 신경을 쓸 겨를이 없을 것이다.

봉선은 이곳에 남아서 천외무적군의 공격에 대비하고 운집한 무림 군웅을 총관리하는 일을 지휘해야 한다.

"무아 선사와 철심협개도 봉선님을 도와주는 것이 어떻겠소? 이곳에 찾아오는 소림 제자들과 개방 제자들로 하여금 무림 군웅을 지도하게 한다면 장차 큰 도움이 될 것이오.”

“아미타불. 신명을 다하겠습니다.”

“창천제님의 명을 받듭니다.”

무아 선사와 철심협개는 일어나서 공손히 합장을 하고 포권지례를 올렸다.

창천제가 자신들보다 최소한 한 갑자는 더 나이가 많은 사람이라는 사실을 짐작하고 있는 두 사람이었다.

이윽고 창천제는 가슴을 쭉 펴고 진중한 표정으로 마무리를 지었다.

“내일 아침에 출발하겠소.”

第七十四章

육체의 대화

　화무린은 저녁 식사 직후 곧장 소군을 데리고 그녀의 방으로 들어가 두 시진이 지난 지금까지도 밖에 나오지 않고 있는 중이었다.

　두 사람은 침상 위에 함께 있었다.

　소군은 가부좌를 튼 자세로 운공을 하고 있고, 그 뒤에 화무린이 역시 가부좌로 앉아서 두 손바닥을 그녀의 명문혈에 밀착시킨 상태였다.

　그런데 지금 소군은 온몸을 가늘게 떨면서 얼굴에서 비 오듯이 땀을 흘리고 있었다.

　아니, 얼마나 땀을 흘렸는지 입고 있는 옷이 흠뻑 젖어 있는 상태였다.

화무린은 소군의 임독양맥을 소통시켜 주려고 벌써 두 시진째 전력을 쏟는 중이었다.

그는 구성혈사의 여의단을 복용한 후 임독양맥 생사현관이 소통되고 공력이 무려 두 배 이상 급증했다.

그는 소군에게 천황오무의 금봉신추를 가르쳤고 정랑편을 만들어주었다.

그것만으로도 소군은 예전에 비해 절반 이상 고강해질 수 있었다.

하지만 화무린이 볼 때 그녀는 아직도 턱없이 약했다. 그녀를 너무나도 사랑하고 있기 때문에 강하게 키워야 할 필요가 있었다.

약하다고 해서 언제나 눈에 보이는 곳에만 둘 수도, 주머니에 넣어 갖고 다닐 수도 없는 일이 아닌가.

어떻게 하면 그녀를 강하게 만들 수 있을 것인가를 궁리한 끝에 결국 그는 방법을 찾아냈다.

그것이 그녀의 임독양맥을 소통시켜 주는 것이었다.

화무린은 두 시진을 허비한 끝에 이제야 겨우 소군의 임독양맥을 소통시킬 수 있는 방법을 찾아냈다. 뭐든지 한 번에 되는 것은 없었다.

그 방법을 찾아내는 데에 그는 수십 번의 시행착오를 거쳐야만 했고, 힘은 힘대로 들어야만 했다.

"군아, 운공을 중지해."

그는 진기를 주입시킬 준비를 마치고 숨을 고르고 난 후에 조용히 입을 열었다.

운공 중에 말을 하면 주화입마에 드는 것은 공력이 삼화취정에 이른 그에게는 통하지 않는 일이었다.

소군은 화무린의 말이 떨어지자마자 운공을 멈추었다. 그랬더니 극심하던 떨림과 전신 혈맥이 파열될 것 같던 고통이 씻은 듯이 사라졌다.

"이제부터 너의 공력을 내가 다스릴 거야."

말을 마친 순간 화무린은 쌍장을 통해서 소군의 명문혈로 해일 같은 진기를 주입시켰다.

쏴아아―

얼마나 거센 진기의 주입이면 몸 밖에까지 소리가 들릴 정도였다.

화무린은 자신이 지니고 있는 전체 공력의 육 할가량을 소군의 체내로 주입시켰다. 그것만 해도 이 갑자 이상의 엄청난 공력이었다.

현재 소군의 공력이 백 년 정도니까, 지금 그녀의 몸속에는 도합 이백이십 년을 상회하는 공력이 도도한 강물처럼 흐르고 있는 것이다.

소군은 어느 때보다도 편안한 마음이었다. 자신의 목숨보다 더 사랑하는 화무린이 하는 일이라면 무엇이든지 믿을 수 있었고, 사실이 그랬다.

그리고 지난 두 시진 동안 힘들고 고통스러웠던 것은 어디까지나 소군 자신의 임독양맥을 소통시켜서 공력을 급증시켜주려는 것이 목적이다.

그렇게 화무린이 그녀에게 하는 행동이나 말은 아무리 작은 것이라고 할지라도 모두 그녀를 위한 것이지 해가 되는 것은 절대 없었다.

지금 소군은 곧게 탁 뚫린 관도 상을 한 필의 말에 올라타고 폭풍처럼 질주하는 듯한 거센 느낌을 몸 안에서 생생하게 느끼고 있었다.

화무린은 자신의 공력 이 갑자와 소군의 공력 백 년을 합친 이백이십 년 공력을 그녀의 체내로 거침없이 십 주천시킨 후에 드디어 공력을 독맥에 진입시켰다.

여태까지는 화무린이 공력을 주입시키고, 소군이 운공을 하면서 주도적인 역할을 했었지만, 이번에는 화무린이 전적으로 주도하고 있는 것이다.

그의 얼굴에 굵은 땀방울이 송알송알 맺혔으며 두 눈은 독수리 눈처럼 부릅떠졌다.

소군은 등줄기를 따라 세찬 급류 같은 것이 뒤통수를 향해 솟구쳐 오르는 느낌을 받았다.

이백이십 년 공력의 급류는 거침없이 독맥의 마지막 종점인 백회혈을 지나치더니 곧장 미간의 전정혈을 향해 무섭게 부딪쳐 갔다.

그것을 생생하게 느끼고 있는 소군은 화무린을 믿기는 하지만 그것과는 다른 심정으로 아연 긴장했다.

다음 순간,

쾅!

소군의 미간에서 둔중한 음향이 터졌다.

그녀는 고통을 느끼지 못했다. 그저 몸이 공중에 뜬 듯한 멍한 느낌만 받았다.

쿵! 쿵! 쿵! 쿵! 쿵! 쿵! 쿵!

그 뒤를 이어 일곱 차례의 굉음이 연이어 터지며 소군의 몸이 크게 좌우로 흔들렸다.

그것으로 독맥의 종점인 정수리의 백회혈과 임맥의 종점인 턱의 승장혈 사이에 오랜 세월 동안 봉쇄되어 있던 일곱 개의 혈도가 마침내 뚫렸다.

즉, 소군은 이제 임독양맥 생사현관이 소통된 것이다.

그렇지만 소군은 몽롱해진 기분으로 아무것도 느끼지 못했다. 그때 화무린의 약간 지친 듯한 조용한 목소리가 뒤에서 들려왔다.

"군아, 이제 공력을 기경팔맥으로 십이주천 시켜봐."

'기경팔맥?'

기경팔맥에는 임맥과 독맥이 포함되어 있다. 그녀는 무공을 배운 이후 한 번도 공력으로 기경팔맥 전체를 주천시키지 못하고 늘 기경육맥만 주천시켰었다.

그녀는 그 순간 퍼뜩 깨달아지는 것이 있었다.

'아!'

자신의 임독양맥이 소통됐다는 사실을 깨달은 것이다.

조금 전의 그 굉음은 막혀 있던 여덟 개의 굳은 혈도가 뚫리는 소리였다.

소군은 뛸 듯이 기쁜 마음을 겨우 억누르고 화무린이 시키는 대로 공력을 운기하여 기경팔맥으로 주천시켰다.

공력은 임맥도, 독맥도 거침없이 휩쓸고 다녔다.

화무린은 자신의 이 갑자 공력을 회수한 상태였다.

그런데도 소군은 화무린의 공력이 자신의 체내에 여전히 남아 있는 듯한 착각을 느꼈다. 그 정도로 공력이 펄펄 넘쳐 흘렀다.

그리고 공력을 기경팔맥으로 한차례 주천시킬 때마다 조금씩 상승되는 것이 생생하게 느껴졌다.

그리고 그녀가 도합 십이주천을 끝냈을 때 그녀의 공력은 삼 갑자에 이십 년을 더한 이백 년에 도달해 있었다.

그녀는 운공을 다 끝냈지만 아무런 말도 할 수 없었고, 움직이지도 못했다.

너무 크게 감동해서 가슴이 터져 버릴 것만 같았다. 그래서 입을 열기만 하면 울음을 터뜨릴 것 같았다.

슥!

"군아."

그녀의 가늘게 떨리는 어깨에 화무린의 손이 부드럽게 얹혀졌다.

소군이 기다렸다는 듯이 화무린의 품으로 쓰러졌다.

"으흐흑!"

그녀는 화무린의 가슴에 얼굴을 묻고 급기야 울음을 터뜨리고 말았다.

"우, 우리 어머니는 노류장화(路柳墻花:기생)였어, 창녀나 다름이 없는……."

화무린은 처음 듣는 얘기였다. 왜 그녀가 갑자기 그런 말을 하는지도 알 수 없었다.

그리고 소군은 누구에게도 자신이나 가족에 대한 과거지사를 한 번도 얘기한 적이 없었다.

"나는… 아버지가 누군지도 몰라……."

소군은 어깨를 떨면서 더 서럽게 흐느꼈다.

생사현관이 소통되어 기쁨이 하늘에 닿을 만큼 컸는데, 어째서 갑자기 잊으려고 그토록 애를 썼던 과거지사가 생각나는 것인지 그녀 자신도 모를 일이었다.

"어머니는 내가 태어나는 것을 원치 않았어. 그래서 나는 자라는 내내 천덕꾸러기였어. 어머니는 나를 몹시 미워했었는데… 내가 태어났기 때문에 자기 인생이 엉망이 됐다고……. 나는 그런 어머니에게 늘 죄인이었어."

화무린의 눈앞에 소군의 어린 시절 모습이 생생하게 펼쳐지는 듯했다.

낡고 허름한 옷을 입고, 잘 먹지 못해서 성장이 더딘 작고 왜소한 어린 소녀의 모습이었다.

소녀는 한 번도 사람들의 귀여움을 받지 못하고 매일 구박만 받았던 탓에 사람들을 피해서 어두운 골목 구석에 쪼그리고 앉아 있었다.

소녀는 앙상한 무릎 사이에 얼굴을 묻고 있는데 버들가지처럼 야윈 어깨가 가늘게 흔들리고 있는 것으로 보아 울고 있는 듯했다.

늘 숨어서 우는 것.

그것이 소군의 어린 시절의 모습이었다.

"어머니는… 결국은 몹쓸 병에 걸려서… 삼십 세를 넘기지 못하고 돌아가셨어. 돌아가시던 날… 얼굴 가득 피고름을 흘리면서… 떨리는 손으로 내 손을 잡고는 처음으로 미안하다고 말하면서 우셨어. 그런데 나는… 그때 어머니 손을 뿌리치고 말았어. 미웠거든……. 너무 미웠어. 으흐흑!"

소군은 더욱 몸을 떨며 구슬프게 흐느꼈다.

"그런데 성장하면서 그때 어머니에게 그렇게 했던 것이 너무 미안했어. 두고두고 잊혀지지가 않아……. 나는 어쩌면 좋아. 흑흑흑!"

그런 것이라면 화무린에게도 있었다.

머릿속과 마음속, 그리고 영혼 속에 죽을 때까지 아물지 않은 생채기처럼 새겨진 것이.

"괜찮아. 어머니께선 그때 이미 다 용서하신 거야."

화무린은 소군의 등을 토닥였다.

"정말 그럴까……?"

"그럼. 그런 것이 부모인 것 같아."

부모가 무엇인지 잘은 모르겠지만 단란했던 가정이 한순간에 깨지고 오랜 세월 동안 천하를 떠돌며 온갖 고생을 해보았던 화무린은 이제는 가족이, 그리고 부모가 자식에게 갖는 의미가 무엇인지 어렴풋이나마 알 수 있게 되었다.

그가 생각하고 있는 부모란 자식이 언제 어떤 상황에서라도 찾아가서 의지할 수 있는 그 무엇이고, 또한 자식이 무슨 실수나 잘못을 저질러도 다 용서하고 덮어주며, 자식 대신 그 벌을 달게 받으면서도 미소를 짓는 그런 존재였다.

"나 미워?"

소군은 괜한 것을 물었다. 자신이 천한 창녀의 딸이라서, 그 어미가 죽어가면서 용서를 비는 것을 뿌리쳤다고 해서 밉냐고 묻는 것이었다.

그것보다 백배천배 더한 짓을 했다고 해도 절대 미워하지 않을 화무린이라는 것을 잘 알고 있는 소군이 말이다.

그녀는 어머니를 대신해서 화무린에게 용서를, 아니, 위로를 받고 싶은 것이다.

“응.”

그런데 화무린의 대답은 전혀 뜻밖이었다.

소군은 깜짝 놀라 화무린의 품에서 벗어나 그의 얼굴을 올려다보았다.

화무린은 두 손으로 그녀의 뺨을 부드럽게 잡고 이마에 입을 맞추며 말했다.

“그런 식으로 자꾸 날 시험하면 미워할 거야.”

“…….”

소군의 얼굴에 안도의 기색이 물결처럼 퍼졌다.

“알았지?”

화무린의 확인에 소군은 대답하지 않았다.

그녀는 입맞춤으로 대답을 대신했다.

화무린은 약간 어이없는 표정을 지었다가 곧 그녀를 마주 안고 달콤한 혀를 깊숙이 빨아들였다.

생사현관이 소통된 감격에 이어서, 과거 어머니에 대한 회한, 그리고 깊은 입맞춤으로 이어진 소군의 몸은 순식간에 뜨겁게 달아올랐다.

그녀는 뼈가 없는 연체동물처럼 화무린에게 안겨들었다.

그녀의 몸이 말을 하고 있었다. 활짝 만개한 장미처럼 열정적이고 순결한 육체의 언어였다.

“날 사랑해 줘!”

화무린을 알게 된 이후 수많은 낮과 밤을 이 순간만을 손꼽아 기다렸던 그녀의 무르익은 육체였다.

유두가 크고 단단하게 부풀어 오르며 화무린의 입술을 유혹했다.

한 줌도 되지 않을 듯한 허리가 들썩이며 어루만져 달라고 앙탈을 부렸다.

뽀얀 허벅지는 바짝 화무린의 몸에 밀착하려고 애를 쓰고 있었다.

이십이 년 동안 고이고이 순결을 간직해 온 깊은 계곡의 신비한 샘이 넘쳐흐르면서 사랑의 결정체인 화무린의 남성이 들어와 주기를 갈망했다.

두 사람은 어느새 옷을 모두 벗고 알몸이 되었다.

"아아……."

소군은 열뜬 한숨을 토해내면서 두 팔과 다리로 화무린을 힘껏 끌어안았다.

악소의 가슴이 갈가리 찢어지고 있었다.

어느 전각을 등진 채 맞은편 전각의 창을 바라보고 있는 그녀의 눈에서는 방울방울 눈물이 떨어져 내렸다. 걷잡을 수 없는 눈물이었다.

화무린의 모습을 먼발치에서라도 보려고 그가 자주 찾는 소군의 거처 창이 잘 보이는 이곳에 왔건만, 보고 싶은 화무린의 모습은 보이지 않고 그와 소군이 정사를 나누면서 터뜨

리는 환희와 쾌락의 신음 소리만이 그녀의 귀와 마음을 괴롭
히고 있었다.

이런 소리를 들으려고 이곳에 온 것이 아닌데, 두 사람이
터뜨리는 신음 소리 한마디 한마디는 날카로운 비수가 되어
악소의 가슴을, 마음을, 영혼을 조각조각 후벼 팠다.

어쩌다가 이 지경까지 돼버린 걸까?

대체 어쩌다가 그토록 정답던 화무린과 악소가 남보다 못
한 사이가 돼버린 것인가?

수없이 자문했지만 대답은 없고 오직 끝없는 후회만이 그
녀의 가슴을 매몰차게 때렸다.

저렇게 화무린의 사랑을 받고 있는 여자가 소군이 아니라
악소 자신이었으면… 그녀는 가슴을 쥐어뜯으며 괴로워하고
또 소군을 부러워했다.

그때 저쪽에서 당쾌가 걸어오고 있었다. 하지만 절망의 늪
에 빠진 악소는 깨닫지 못했다.

"악 소저, 그만 갑시다."

당쾌가 곁에 다가와서 씁쓸한 얼굴로 종용했지만 악소는
그에게 눈길조차 주지 않았다.

당쾌는 쓰디쓴 표정으로 악소를 쳐다보았다. 그녀는 비 오
듯이 눈물을 흘리면서 괴로운 표정이면서도 자신이 눈물을
흘리는지도 모르고 있는 것 같았다.

당쾌는 괜히 부아가 치밀었다. 아니, 괜히가 아니었다. 자

신이 그토록 사모하는 악소가 괴로움에 몸부림치는 모습 때문에 울화통이 터질 것만 같았다.

순간 그는 악소의 팔을 잡고 거칠게 잡아끌며 왈칵 고함을 질렀다.

"내 말 못 들었어? 그만 가자구! 저 녀석은 너 따위는 안중에도 없어!"

그는 그녀가 반응을 보이기도 전에 힘껏 잡아끌며 뛰듯이 걸어갔다.

그러면서 뒤돌아보니 악소는 끌려가지 않으려고 버티면서도 눈길은 끝내 소군의 거처 창에 못 박혀 있었다.

'우라질! 내 무린 이 자식을 쳐죽이던가 해야지……!'

당쾌는 오만상을 찌푸리며 내심 악을 썼다.

화무린은 가만히 눈을 떴다.

소군은 입가에 행복한 미소를 지은 채 그의 팔을 베고 깊이 잠들어 있었다.

늦게 배운 도둑질에 날 새는 줄 모른다더니, 두 사람은 내리 다섯 차례나 사랑을 나누었다.

몹시 지친 두 사람은 그대로 잠이 들었고, 한 시진쯤 지나 화무린이 깨어난 것이다.

그는 조심스럽게 팔을 뺀 후 침상에서 내려왔다.

소군의 임독양맥을 소통시켜 준 후 그녀가 운공을 하는 동안 그의 머리를 스치는 한 가지 생각이 있었다.

　윤학도, 아니, 가능하다면 윤학과 네 명의 당주도 임독양맥을 소통시켜 주고 싶다는 것이었다.

　무언가 대단한 영약이나 영물을 구해서 복용시켜야 한다면 불가능한 일이겠지만, 화무린의 능력으로 그들의 임독양맥을 소통시켜 줄 수 있다면 몸이 부서지더라도 전력을 다해 볼 작정이었다.

　척!

　윤학이 묵고 있는 전각의 방문을 열고 들어가다가 화무린은 가볍게 놀라며 걸음을 멈추었다.

　쉬이익! 쉭! 쉭!

　방에서 날카로운 파공음이 쉴 새 없이 터져 나오고 있었기 때문이다.

　자정이 한 시진쯤 지난 이 시각에도 윤학은 잠을 잊은 채 검법을 수련하고 있었다.

　얼마나 수련에 열중했으면 화무린이 들어와서 지켜보고 있다는 사실도 깨닫지 못할 정도였다.

　그가 수련하고 있는 것은 파천혈인검이었다.

　화무린이 잠시 지켜본 결과 윤학은 파천혈인검을 흠잡을 데 없이 완벽하게 구사했다.

　하지만 그는 아직 완벽하지 않았다. 전개는 완벽했지만 공력이 따라주지를 못하는 것이다.

"윤 총관."

"앗! 장주께서 어인 일이십니까?"

화무린의 부름에 윤학은 크게 놀라 급히 예를 취했다.

"네 명의 당주를 데리고 지하 연공실로 내려오게."

화무린은 그 말을 남기고 방을 나갔다.

백학서원 지하 연공실.

화무린은 연공실에 하나밖에 없는 석대 위에 앉아서, 윤학과 네 명의 당주는 바닥에 여기저기 앉아서 운공조식을 하고 있었다.

무려 다섯 명의 임독양맥을 소통시키는 데에 두 시진밖에 소요되지 않은 기적 같은 일이 조금 전에 끝났다.

소군의 임독양맥을 소통시켜 주느라 두 시진 동안 쩔쩔맨 후 간신히 소통 방법을 찾아냈고, 정작 중요한 순간은 일각 남짓 걸렸을 뿐이다.

그러므로 두 시진 만에 이들 다섯 명의 임독양맥을 소통시킨 것은 사실 기적이라고 할 것까지는 없었다. 순전히 화무린이 쏟은 땀과 노력의 결과인 것이다.

이윽고 윤학과 네 명의 당주가 운공을 끝내고 차례차례 일어섰다.

그들의 얼굴에는 경악과 기쁨과 불신이 범벅되어 가득 떠올라 있었다.

　방금 운공조식을 하여 확인을 했으면서도, 자신들의 임독 양맥이 소통되어 공력이 순식간에 배 이상 증진되었다는 사실이 좀처럼 믿어지지가 않았다.

　윤학은 이 갑자 반인 백오십 년의 공력이 되었으며, 네 당주는 이 갑자를 약간 상회하는 백삼사십 년의 공력을 지니게 된 것이다.

　모두들 환호작약(歡呼雀躍)하면서 미친 듯이 소리라도 지르고 싶을 정도로 기뻤지만, 아직 화무린이 운공 중이라서 간신히 억누르고 있는 중이었다.

　화무린은 내리 다섯 명의 임독양맥을 소통시켜 주느라 과도한 진기를 소비했기 때문에 다섯 사람보다 더 오랜 운공이 필요했다.

　그러는 동안 윤학 등 다섯 사람은 자신의 몸을 만져 보고, 서로를 쳐다보며 환하게 웃는 것으로 터질 듯한 기쁨을 대신하고 있었다.

　윤학이 네 명의 당주를 부르러 갔을 때 그들 중에 자고 있는 사람은 아무도 없었다. 모두 오룡검법이나 파천혈인검을 연마하는 중이었다. 그만큼 그들의 무공에 대한 열정은 대단했다.

　윤학을 비롯한 네 당주는 화무린의 연공실에 들어갈 때까지도 그가 무엇 때문에 한밤중에 자신들을 모두 불렀는지 짐작조차 하지 못했다.

원래도 그들은 화무린을 절대적인 신처럼 숭상하고 있었다.

하물며 임독양맥이 소통이 된 지금은 어떠하겠는가.

극도의 흥분이 채 가라앉기도 전에 윤학 등은 누가 시키지도 않았는데 석대 앞에 나란히 일렬로 늘어서서 공손한 자세를 취했다.

그러면서 다섯 사람은 자신들의 목숨이 자신들 것이 아니라 화무린의 것이라고, 그의 가장 하찮은 것을 위해서라도 기꺼이 죽을 수 있다는 결심을 하고 있었다.

이윽고 화무린이 운공을 끝내고 석대에서 내려왔다.

그는 윤학부터 네 명의 당주 얼굴을 한 명씩 찬찬히 본 후에 가볍게 고개를 끄덕였다.

"좋아. 모두들 생사현관이 소통됐군."

윤학과 네 당주는 그 자리에 엎드려 절을 올렸다.

"장주! 하늘보다 더 큰 은혜를 어찌 갚겠습니까?"

"이상한 사람들이로군."

화무린이 중얼거리자 모두들 의아한 표정으로 고개를 들고 그를 쳐다보았다.

화무린은 석대에 앉았다.

"내가 경무장주고, 자네들은 총관과 당주들이니 우린 가족이나 같겠지?"

윤학이 급히 고개를 숙였다.

“그렇습니다.”

“나는 세상천지에 가족에게 은혜니 뭐니 떠들어대는 사람이 있다는 말을 들어본 적이 없네.”

그 말이 윤학과 네 당주를 더욱 감격하게 만들었다.

“자네들 정도의 공력이라면 이제는 검기를 발출할 수 있을 거야.”

다섯 사람의 얼굴에 기대감과 흥분이 일렁였다.

“그러나 파천혈인검은 일 대 일이나 두세 명 정도를 상대할 경우에는 효과적이지만 다수를 상대할 때에는 별로 실효를 거두지 못하네.”

파천혈인검은 열두 개의 변화 중에서 열 개가 찌르기고, 하나의 베기와 하나의 소용돌이식이 있다.

열두 개의 변화를 일으키면서 검기를 발출한다면 대단한 위력을 발휘하겠지만 검기를 세 개 이상 만들어내지 못한다는 한계를 갖고 있었다.

“그래서 이제부터 자네들에게 새로운 검법 한 가지를 더 가르쳐 주려고 하네.”

그러자 다섯 사람의 눈빛이 확 달라졌다. 무인이란 새로우면서도 더 강한 무공을 접하게 되면 누구든지 그런 현상을 보이게 마련이다.

“무슨 검법입니까?”

그렇게 묻는 윤학의 목소리는 극도의 흥분을 감추지 못하고 있었다.

"홍몽신류검(鴻濛迅流劍)이라는 것일세."

다섯 사람은 생소한 검법 명에 의아함과 적이 실망하는 표정을 동시에 떠올렸다.

화무린 정도의 인물이 가르치는 검법이라면 뭔가 굉장할 것이라고 예상했던 것이다.

"설마……!"

그때 윤학이 무엇을 기억해 냈는지 반신반의하는 얼굴로 말문을 열었다.

"오백 년 전에 우내일검(宇內一劍)으로 불렸던 홍몽검신(鴻濛劍神)의 그 홍몽신류검입니까?"

화무린은 가볍게 고개를 끄덕였다.

"자네의 식견도 제법이로군. 그렇다네. 바로 홍몽검신의 그 홍몽신류검일세."

"맙소사……!"

윤학은 입을 딱 벌리고 말았다. 그의 얼굴에는 대경실색한 표정이 가득 떠올라 있었다.

세상에는 홍몽검신보다 우내일검이라는 별호가 더 잘 알려져 있었다.

우내일검에 대해서는 더 이상의 구구한 설명이 필요하지 않았다.

우내일검이라는 별호 하나만으로 모든 설명이 대변되는

인물이기 때문이다.

그는 혈객과 더불어 무림사에서 가장 강했던 인물로 회자되고 있는 초절정고수다.

두 사람은 같은 시대를 살았지만, 불행인지 다행인지 한 번도 마주친 적이 없었다.

만약 두 사람이 만났더라면 아마도 누가 천하제일인인지 가려졌을 것이다.

물론 홍몽신류검은 천황무록에 수록된 무공 중에 하나다.

화무린은 천지 조화검을 터득했으므로 그보다 약한 홍몽신류검을 배울 필요는 없었다.

그러나 만약 윤학 등이 홍몽신류검을 배운 후 무림에서 활동하게 된다면 십중팔구 그들을 대적할 인물은 그리 많지 않을 것이다.

네 명의 당주도 우내일검이란 전설적인 별호에 대해서는 잘 알고 있었다.

다만 홍몽신류검이라는 검법 명이 생소했을 뿐이었다.

그러나 우내일검의 검법이라면 오백 년 전이나 지금이나 최고일 것이 분명했다.

그때부터 화무린은 다섯 사람에게 우내일검의 홍몽신류검을 가르치기 시작했다.

第七十五章

야합(野合)

　창천고수들과 호천고수들, 그리고 개방 제자들이 하는 일 중에는 수만 명의 무림 군웅 속에 무림인인 체 가장하여 언제 섞여 들었지 모르는 천외신계의 첩자, 즉 비찰신번 고수를 가려내는 일도 포함되어 있었다.

　어떤 면에서 그것은 무림 군웅에게 무공을 가르치는 일보다 훨씬 중요하다고 할 수 있었다.

　수십만 명의 무림 군웅을 양성하여 거대한 둑을 쌓은들 무엇 하겠는가.

　그 둑이 한낱 하찮은 개미 구멍에도 무너질 수 있는 법이거늘[堤潰蟻穴].

물론 개미는 비찰신번의 고수들이다. 그들은 무림에서 오랜 세월 암약했기 때문에 무림인으로 변장한다면 구별해 내기가 무척 어려웠다.

그래도 지난 오십여 년 동안 줄곧 비찰신번을 주시해 온 구중천 소속 고수들의 눈을 속일 수는 없다.

그들은 천외신계의 영원한 천적이기 때문이다. 전쟁이 없었던 지난 오십여 년 동안 표면으로 드러나지 않았을 뿐이지, 구중천과 천외신계의 암투는 꾸준히 이어졌다.

개방 제자들은 창천고수와 호천고수들에게 비찰신번 고수를 식별하는 방법을 배웠다.

뭐든지 빨리 배우는 개방 제자들이라서 그 방법 역시 어렵지 않게 배웠다.

무림 군웅이 모이기 시작한 지 열흘쯤 지났을 즈음에는 비찰신번 고수를 가려내는 일은 개방 제자들이 도맡아서 할 정도가 됐다.

그러나 여기, 그 누구도 가려내지 못하는 천외신계의 중요 인물 한 명이 천녀황의 밀명을 받고 안국현 한가운데에서 그림자처럼 움직이고 있었다.

고급 비단으로 만든 홍의 단삼을 입고 어깨에는 한 자루 보검을 멘 청년 한 명이 안국현 중심가에 위치해 있는 주루 겸 객잔의 객방에 묵고 있는 네 명의 무림인과 같은 방을 쓰게 된 것은 운이 좋았다.

천하 각지에서 운집한 무림 군웅은 안국현 내에는 바늘 하나를 꽂을 만한 장소조차 없는 터라 모두 현 밖 들판, 즉 나중에 무군평(武群平)이라고 불리게 된 장소에 기거하게 되었지만, 홍의청년은 뒤늦게 안국현에 도착했는데도 불구하고 정말 운 좋게도 객잔의 방에 투숙하게 된 것이다.

다섯 사람이 함께 사용하기에는 방 한 칸이 턱없이 좁았지만, 한 장소에서 숙식이 해결된다는 점을 생각한다면 현 밖의 들판하고는 비교할 수조차 없을 만큼 훌륭했다.

더구나 홍의청년은 천녀황의 밀명을 띠고 안국현에 잠입했으니, 밀명을 완수하기 위해서라도 현 밖의 들판보다는 현 내의 객잔에 묵게 된 것이 백번 다행한 일이었다.

그는 오늘 낮 정오경에 이곳에 도착하여 객방 한 칸을 얻은 후 오후와 저녁 내내 현 내를 이리저리 돌아다니면서 염탐을 했다.

그 결과 객잔에서 그리 멀지 않은 백학서원이라는 곳에 자신이 목표로 삼은 은오검객과 구중천의 인물들이 기거하고 있다는 사실을 알아낼 수 있었다.

그가 천녀황으로부터 받은 밀명은 '안국현에 있는 은오검객을 비롯한 구중천 수뇌부를 섬멸' 하는 것이었다.

그중에서도 특히 은오검객은 반드시 죽이거나 생포하라는 명령을 받았다.

천외신계는 불과 얼마 전까지만 해도 은오검객을 천외무적군 제육투번 지휘부를 전멸시킨 눈엣가시 같은 존재 정도로만 여겼었다.

그런데 그 이후 은오검객은 가는 곳마다 천외신계의 거물들을 거침없이 죽이는가 하면 또 계획에 막대한 차질을 빚게 하는 등, 불과 몇 달 사이에 믿어지지 않을 정도로 거대한 존재로 성장해 버렸다.

그리하여 현재의 천외신계는 삼천계 일통을 달성하는 데 있어서 최대의 걸림돌을 구중천주와 더불어 은오검객이라고 규정할 정도로 그를 중시할 수밖에 없게 되었다.

차륵!

홍의청년은 자신이 묵는 객잔의 일층 주렴을 걷으며 안으로 들어섰다.

이곳은 일층을 주루로, 이층은 객잔으로 사용하고 있는데, 원래 영업 시간은 해시(亥時:밤 10시)까지였지만 무림 군웅이 모여들기 시작한 이후 그들의 편의를 위해서 하루 종일 영업을 하고 있었다.

홍의청년은 지금 백학서원에 귀신처럼 잠입했다가 돌아오는 길이다.

백학서원의 경계는 지독할 정도로 삼엄해서 나는 새조차도 잠입하지 못할 정도였다.

홍의청년의 무공 실력은 현재 천외신계에서 무쌍신보다는

조금 약하지만 육천군보다는 고강한 초절정고수가 되어 있는
상태였다.

그런 그조차도 잠입을 하긴 했지만 마음대로 돌아다니지
못하고 주마간산으로 살펴보고는 급히 빠져나와야 했을 정도
로 백학서원은 경계가 삼엄했다.

그래서 그저 장원 내부의 대략적인 위치 정도만 알아냈을
뿐이었다.

계획을 성공시키기 위해서 더 깊이 알아내고 싶은 마음은
굴뚝같았지만, 그랬다가는 일이 장 거리마다 경계를 서고 있
는 창천고수나 호천고수들에게 들키기 십상이라서 발길을 돌
릴 수밖에 없었다.

대충 살펴본 바에 의하면 가장 중요한 은오검객의 행방이
묘연했다.

은오검객의 여자라는 은오정녀가 곤히 자고 있는 방도 확
인했지만 그곳에도 은오검객은 없었다.

홍의청년은 점소이에게 튀긴 오리 한 마리와 죽엽청 한 근
을 주문한 후 앉을 곳을 찾아 실내를 둘러보았다.

자정이 훨씬 넘은 시각인데도 주루 안은 무림 군웅들로 발
디딜 틈이 없을 정도로 복잡했다.

그는 구석진 곳에 한 사람이 앉아 있는 것을 발견하고 그곳
으로 가서 맞은편에 앉았다.

예전 같았으면 원래 합석을 하려고 하면 상대의 양해를 구

하는 것이 예의였지만, 지금의 안국현은 그런 예의가 잠정적으로 묵인된 상황이었다.

홍의청년은 점소이가 가져온 술과 오리 고기를 천천히 씹어 먹으면서 앞으로 어떻게 할 것인가를 궁리했다.

지금 안국현 북쪽 숲 속에는 천외무적군 서열 육위 사십팔월사(四十八月死)와 칠위 번룡(幡龍)에서 십위 번혼(幡魂)까지에서 선발한 오십이 명, 도합 백 명이 은신한 채 홍의청년의 명령을 기다리고 있는 중이었다.

천외신계 서열 육위 사십팔월사는 사십팔 명의 월사(月死)들을 말한다.

삼위가 육천군, 사위가 십이령후고, 오위가 이십사존(二十四尊), 바로 그다음이 사십팔월사이니 월사들의 무위가 어느 정도일지는 능히 짐작할 수 있다.

천외신계 이위부터 육위까지는 별정위(別定位)라고 해서 명칭에 번(幡)이라는 글을 넣지 않는다.

그리고 칠위 번룡부터 이십위 투번고수까지는 명칭에 '번'을 넣어 부른다.

지금 안국현 북쪽 숲 속에 은신해 있는 백 명 중에는 육위 사십팔월사 사십팔 명이 모두 포함되어 있다.

나머지 오십이 명은 칠위부터 십위까지 중에서 특히 암살(暗殺)에 뛰어난 자들을 엄선했다.

홍의청년의 계획은 자신이 직접 그들 백 명의 암살자를 이끌고 백학서원을 급습하여 섬멸하는 것이었다.

그중에서도 특히 은오검객의 수급을 얻어야만 한다. 그는 무슨 수를 써서라도 천녀황의 명령을 달성하고 싶었다.

천녀황이 삼천계를 일통하는 것은 이미 목전에 도달해 있다.

그리고 현재의 그녀에게는 실질적인 후계자가 없다. 하나뿐인 제자 혈옥녀는 신지(神志)를 상실하여 장차 천녀황의 뒤를 이을 수 없는 몸이다.

또한 홍의청년이 알아낸 바에 의하면 친동생인 천신녀 설영은 삼천계에 군림하는 것 따위에는 조금도 관심이 없는 여자가 분명했다.

그녀는 마지못해서 언니인 천녀황의 명령에 따르고 있지만, 삼천계를 일통하는 업적을 달성하고 나면 조용한 곳에 은거하여 여생을 보낼 것이라고 했다.

현재 홍의청년은 천녀황에게 신임을 얻고 있는 중이다.

주마가편(走馬加鞭).

힘차게 달리고 있는 말에 더욱 채찍을 가하듯이, 신임을 얻고 있을 때 한층 더 신임을 얻어 천녀황의 확실한 눈도장을 찍고 싶은 것이 홍의청년의 포부였다.

언젠가는 천녀황도 늙거나 군림에 싫증이 나서 천외신계, 아니, 삼천계 최고의 자리에서 물러나게 될 것이다.

그전에 확고한 후계자의 자리를 꿰차야 한다는 것이 홍의청년의 최종 목표이며 야망이었다.

　그러나 그는 이번 천녀황의 명령을 수행하는 첫 단계에서 제동이 걸린 상태였다.

　백학서원에 대해서 급습에 필요한 만큼의 정보를 제대로 알아내지 못했기 때문에 지금으로서는 공격을 할 수 없는 상황인 것이다.

　적을 모르는 상황에서 무작정 공격하는 것만큼 우매한 짓이 없다는 것을 그는 잘 알고 있었다.

　그것은 캄캄한 공간에서 바늘 하나를 찾으려는 것이나 다르지 않았다.

　"그런데 속하가 지켜보고 있는 중에 은오검객이 자신의 여자와 그 짓을 하고 있었습니다."

　그때 바로 옆자리에서 속삭이듯 나직한 목소리가 들려오는 바람에 홍의청년은 움찔 놀랐다.

　'은오검객' 이라는 말에 본능적으로 온몸의 피가 들끓으며 요동쳤다.

　그는 최대한 여유있는 동작으로 천천히 목소리가 들려온 쪽을 쳐다보았다.

　그의 자리는 구석에 가까운 쪽이었고, 방금 들려온 말은 완전히 구석 자리에서 들려온 것이다.

　구석 자리에는 세 사람이 앉아 있었다. 한 명의 여자와 두 명의 남자였다.

홍의 경장을 입은 여자는 홍의청년에게 늘씬한 뒷모습을 보이고 있었고, 두 남자는 그녀의 앞쪽 좌우에 서로 마주 보는 자세로 앉아 있었다. 방금 그 말은 두 남자 중 한 명이 한 것 같았다.

홍의청년은 술을 마시는 체하면서 조심스럽게 두 사내를 살펴보았다.

두 사내 다 황의 경장을 입었으며 각각 도와 창을 어깨에 멘 보통 무림인의 모습이었다.

그러나 자세히 보니 두 사내의 눈에서 은은한 기운이 흘러나오고 있었다.

'마기(魔氣)!'

홍의청년은 그것이 골수까지 마인(魔人)인 자들만이 자연스럽게 눈에서 뿜어내는 마기라는 사실을 간파했다.

그자들이 지금 은오검객과 그의 여자에 대해서 속삭이고 있는 것이다.

"그 짓이라니? 그게 무슨 소리냐?"

홍의 경장을 입은 여자가 나직하지만 약간 신경질적인 목소리로 물었다.

앳되고 가느다란 목소리로 미루어 여자는 이십 세 전후의 나이인 듯했다.

"그게……."

그런데 왼쪽의 사내는 즉시 대답하지 못한 채 당황한 표정으로 머뭇거렸다.

그자는 도를 메고 있으며, 매부리코에 날카로운 눈매를 지닌 사십 세가량의 나이로 보였다.

"어서 말하지 않고 뭘 꾸물거리는 게냐?"

여자가 뾰족하게 언성을 높이자 매부리코는 깜짝 놀라며 움찔 몸을 떨었다.

그들의 언행으로 미루어 여자는 나이가 어리면서도 두 사내의 상전인 것 같았다.

두 사내는 범상치 않은 고수이며 난폭한 성정을 지닌 듯한 외모인데도 불구하고 여자에게는 고양이 앞에 쥐처럼 전전긍긍했다.

여자가 언성을 높였다고는 하지만 워낙 작은 소리로 소곤거리고 있었기 때문에 가까이에 앉은 홍의청년에게만 겨우 들릴 정도였다.

홍의청년 맞은편에 앉은 무림인은 혼자 자작을 하고 있었는데 꽤 취한 모습이었고 일녀이남의 대화를 조금도 듣지 못한 듯했다.

매부리코사내는 조금 전보다 고개를 조금 더 조아리며 더듬거렸다.

"그, 그러니까 두 사람이 바, 방사(房事)를 하고 있었다는 뜻입니다."

그러나 중요한 것은 '그 짓'이라는 표현보다 조금 더 직접

적이면서도 약간은 외설적인 '방사' 라는 표현마저도 여자를
설득시키지 못했다는 사실이다.

"방… 뭐? 그게 뭐야?"

여자는 그런 쪽에는 완전히 젬병이었다. 아니, 순진하다고
해야 옳았다.

그녀는 학식이 꽤 높은 편이라서 평소에는 '방사' 라는 말
뜻을 알고 있었다.

그러나 지금 상황에서는 자신이 알고 있는 그 '방사' 가 바
로 그 '방사' 라는 인식을 하지 못하고 있었다.

매부리코사내가 설마 그런 말을 할 것이라고는 예상하지
못했던 것이다.

보다 못한 맞은편의 세모꼴 얼굴의 사내가 조심스럽게 설
명을 했다.

"두 사람이 몸을 섞었다는 뜻입니다."

"섞어? 대체 몸을 어떻게 섞는다는 거지?"

여자의 상식으로서의 섞는다는 의미는 액체나 양념, 색깔
끼리 뒤섞는 것을 뜻했다.

그러므로 그녀의 상식으로는 사람끼리 몸을 섞을 수는 없
는 일이었다.

"그러니까, 음… 남녀가 옷을 다 벗고 정사를 나누면서 쾌
락을 즐긴다는 뜻입니다."

밥숟가락을 손에 쥐어주다 못해서 입에 떠 넣어주자 여자

는 비로소 알아들었다.

그러나 그다음이 가관이었다. 그녀는 벌떡 일어서며 날카롭게 고함을 질렀다.

"뭐야? 무린이 날 두고 정사를 했다는 거야? 뭐라고 그랬지? 몸을 섞었다고?"

그 바람에 주루에 있던 사람들이 일제히 그녀를 쳐다보며 어이없다는 표정을 지었다.

그러나 그녀는 사람들의 반응에는 추호도 아랑곳하지 않고 다시 자리에 앉더니 째근거리면서 작은 주먹으로 탁자를 소리나게 쳤다.

쿵!

"음! 자세히 설명해 봐라. 그래, 둘이서 좋아하더냐?"

방사를 몇 걸음이나 늦게 알아차리더니 이젠 별걸 다 묻고 있었다.

그녀는 '그 짓'을 어떻게 하는지조차 모르고 있지만, 어려서부터 숱한 사내들 속에서 성장해 온 터라 그들의 대화에서 '그 짓'을 하면 남녀가 몹시 좋아하더라는 얘기를 수없이 들은 적이 있어서 그렇게 물은 것이었다.

세모꼴사내가 어서 대답하라는 듯 매부리코사내를 힐끗 쳐다보았다.

화무린과 소군이 정사를 하는 것을 본 사람은 그 혼자뿐이었다.

“좋아… 했습니다.”

매부리코사내는 겨우 대답했다.

“얼마나?”

다른 사람이 들으면 어이가 없어서 웃을 일이지만 여자의 표정과 목소리는 자못 진지했다.

사실 그녀에게 있어서 화무린에 대한 일보다 더 중요한 일은 없었다.

“무척 좋아했습니다.”

“무척이라면 어느 정도냐?”

“거의 미치도록…….”

“미치도록? 음……!”

홍의청년이 힐끗 보자 홍의녀는 몸을 가늘게 부들부들 떨고 있었다.

분노였다.

“얼마나 오래 하더냐?”

“한 시진가량입니다.”

“한 시진씩이나?”

대화는 이상한 방향으로 흐르고 있었다.

“대여섯 번 하는 것 같았습니다.”

“음! 이제 보니 무척 센 놈이로군.”

홍의청년은 그들의 대화를 들으면서 속으로 고소를 금할 길이 없었다.

“만약 무린이 나한테도 그러면……”

갑자기 여자가 말을 하다가 멈추고는 슬머시 자신의 하체를 내려다보더니 안색이 해쓱하게 질려 버렸다. 어떤 영상이 눈에 선하게 그려졌다.

“그, 그럼 난 아마 죽을 거야. 그 흉측한 것으로 나를 한 시진 동안 대여섯 번씩이나……”

그녀는 두 손으로 입을 가리며 더 이상 끔찍할 수 없다는 표정을 지었다.

두 사내는 어찌할 바를 모르고 당황했다. 그들의 얼굴에 떠오른 것은 망극(罔極)함이었다.

그들은 하늘 같은 신분인 여자 앞에서 자신들이 죄를 짓는 느낌마저 들었다.

홍의청년은 두 사내의 그런 자세와 표정을 너무도 잘 알고 있었다.

홍의청년 자신을 포함한 수많은 사람들이 자신들의 절대적 신인 천녀황 앞에서 언제나 그런 모습을 취하니까 말이다.

그는 천하 만민이 자신 앞에서 그런 표정을 짓기를 원하고 있었다.

‘혹시……’

홍의청년은 술을 마시는 체하면서 여자의 뒷모습을 슬쩍 보며 한 사람을 떠올렸다.

그리고는 자신의 추측이 맞을 것이라고 확신했다. 그는 자신이 추측하고 있는 사람을 한 번도 본 적이 없지만 그 사람에 대한 말은 많이 들었다.

"음… 안 되겠다. 내가 직접 백학서원이라는 곳에 들어가 봐야겠어."

그때 홍의녀가 결심한 듯 나직이 말했다.

"안 됩니다!"

그러자 두 사내가 약속이나 한 듯이 거의 동시에 깜짝 놀라서 만류했다.

세모꼴 얼굴의 사내가 이마를 거의 탁자에 닿을 듯이 숙이면서 아뢰었다.

"부디 고정하십시오. 현재 백학서원은 천하에서 가장 삼엄한 장소라고 해도 과언이 아닐 정도입니다. 속하들도 그곳에서 운신하는 데에는 제약이 많았습니다."

홍의녀는 입술을 깨물며 차갑게 말했다.

"너희들이 나보다 잠행술(潛行術)과 은둔술(隱遁術)이 뛰어나다는 사실은 인정해. 하지만 나는 너희보다 강하니까 상관없어."

"백학서원에 잠입하는 데에 필요한 것은 무공이 아니라 잠행술이나 은둔술, 비영술입니다. 더구나 현재 백학서원에는 소련주보다 강한 인물들이 최소한 열 명 이상은 웅크리고 있을 것입니다."

세모꼴사내가 말 중에 '소련주'라는 말을 하자 매부리코 사내가 움찔 놀라며 재빨리 주위를 둘러보았다.

다행히 그 말은 아무도 듣지 못한 듯했다. 가장 가까운 곳에 있는 홍의청년은 무슨 생각에 골똘히 잠긴 듯한 모습으로 술을 마시고 있었으며, 맞은편의 무림인은 술에 취해서 탁자에 엎드려 있었고, 다른 사람들은 대화를 하느라 이쪽은 신경도 쓰지 않았다.

그때 홍의녀가 입술을 꼭 깨물었다.

"나는 꼭 해야 할 일이 있어."

"무엇입니까?"

"그 계집애를 죽이고 말 거야."

두 사내는 움찔 놀랐다.

세모꼴사내가 긴장된 표정으로 공손히 말했다.

"그러시면 안 됩니다."

"왜 안 된다는 거지?"

세모꼴사내는 영리했다.

또한 그는 자신들이 홍의녀를 호위해서 이곳까지 온 목적을 결코 망각하지 않았다.

"소련주께선 이곳에 한 가지 목적을 지니고 오셨습니다. 그것을 잊으셨습니까? 그것은 또한 총련주(總聯主)의 엄명이기도 합니다."

홍의녀의 표정이 변했다. 그녀는 분노 때문에 잠시 잊고 있었던 것을 상기시켰다.

"음, 무린을 만나서 내가 정식으로 그의 아내가 되고 싶다고 말하려고 왔지."

"그렇습니다. 그런데 은오정녀는 그의 정실 부인이나 다름이 없는 여자입니다."

홍의녀의 목소리가 뾰족해졌다.

"정실 부인이라고?"

세모꼴사내는 찔끔했지만 용기를 내어 조심스럽게 말을 이었다.

"그렇습니다. 그녀가 어떻게 해서 은오정녀라는 별호를 갖게 되었는지를 생각해 보십시오."

은오정녀가 은오검객의 여자이며, 은오검객이 그녀를 얼마나 사랑하고 있는지 천하에서 모르는 사람이 없을 정도다. 그러므로 그것을 모를 리 없는 홍의녀였다.

세모꼴사내의 목소리가 조금 더 낮아졌다.

"지금 우리 능력으로는 백학서원에 들어가서 은오정녀를 죽일 수 없습니다. 설사 죽일 능력이 있다고 해도 절대 그래서는 안 됩니다."

홍의녀의 초승달 같은 아미가 상큼 올라갔다.

"어째서 그렇지?"

"은오검객은 은오정녀를 몹시 사랑하고 있습니다. 그런데 만약 소련주께서 은오정녀를 죽였다는 사실을 그가 알게 된다면, 그가 소련주를 아내로 받아주겠습니까?"

"……."

홍의녀는 아무 말도 하지 못했다. 입장을 바꿔놓고 생각해 봐도, 그녀 역시 절대 자신이 사랑하는 사람을 죽인 사람을 반려자로 받아들이지는 않을 것이다. 아니, 도리어 죽이고 싶을 것이다.

홍의녀가 아무리 남녀 관계에 대해서 무지하다고 해도 그런 방법으로는 상대의 사랑을 이끌어내지 못할 것이라는 것쯤은 짐작할 수 있었다.

"그렇다면 납치를 해야겠어. 그래서 아무도 모르는 곳에 한동안 꼭꼭 감춰두었다가 내가 무린의 정식 아내가 된 후에 풀어줄 거야."

하지만 그녀는 은오정녀에 대한 분노를 좀처럼 털어내지 못하고 또 다른 돌출 계획을 토해냈다. 그녀가 생각하기에도 그 방법은 썩 괜찮은 것 같았다.

"납치는 상관없겠지?"

두 사내는 홍의녀의 집요함에 어쩔 도리가 없었다. 그들은 그녀의 성격을 잘 알고 있다.

이런 상황에서 그것까지 반대했다가는 자신들의 목숨이 위태로워진다는 사실을 직감했다.

이럴 때는 그냥 입 다물고 그녀가 하자는 대로 순순히 따르는 것이 상책이었다.

세모꼴사내는 홍의녀의 눈치를 살피면서 조심스럽게 입을
열었다.

"하지만……."

역시 예상했던 대로 홍의녀는 발끈 신경질을 부렸다.

"하지만 뭐? 다시 한 번 내 생각을 반대했다가는 너희 둘
다 갈가리 찢어서 들개 먹이로 만들어주겠다!"

세모꼴사내는 마른침을 꿀꺽 삼켰다.

들개 먹이가 되고 싶지는 않지만, 홍의녀에게 죽으나 지금
하려는 말을 하지 않았다가 조금 후에 죽으나 죽는 것은 매일
반이었다.

"조금 전에 우리 실력으로는 백학서원에 잠입하여 은오정
녀를 죽이는 것이 불가능하다고 말씀드린 것을 기억하고 계
십니까?"

"음……."

홍의녀는 무거운 신음을 흘렸다. 세모꼴사내가 그다음에
하려는 말이 무엇인지 짐작할 수 있을 것 같아서 뭔가 불길한
예감이 들었다.

세모꼴사내와 매부리코사내는 백학서원에 잠입하여 돌아
다니는 것까지는 할 수 있었다.

그러나 홍의녀는 그런 것조차도 하지 못한다. 잠행술이나
은둔술 같은 것을 배운 적이 없기 때문이다.

후계자로서 강한 무공을 배워야 했기 때문에 그런 것을 배

울 시간적 여유가 없었다.

그런 상황인데 암살보다 훨씬 더 어려운 납치를 어떻게 한단 말인가?

그렇다고 그냥 대문으로 당당하게 들어갈 수도 없는 노릇이었다.

홍의녀는 천하 만마(萬魔)의 집합체인 마련의 소련주라는 지고무상한 신분이었다.

마련은 말 그대로 '마의 집합체' 다.

무림이나 정파는 예로부터 '마' 하고는 세불양립의 원수지간이었다.

그런데 그녀가 백학서원 대문을 두드리며 떳떳하게 '난 마련의 소련주다. 은오검객 화무린과 혼인하러 왔다' 라고 말할 수 있겠는가.

은오검객은 당금 무림의, 아니, 천중인계의 신성이며 태양 같은 존재다.

마련의 소련주가 그와 혼인하겠다고 말하면 온 천하가 마련과 그녀를 잡아 죽이려고 할 것이 분명했다.

현실이 그렇다고 해도 홍의녀는 자신이 마련 사람이며 총련주의 후계자라는 사실을 단 한순간도 부끄러워한 적도, 후회한 적도 없었다.

"이럴 줄 알았으면 마룡전대(魔龍戰隊)라도 데리고 오는 건데 잘못했어!"

홍의녀는 분하다는 듯 입술을 깨물며 중얼거렸다. 그러나 그 작은 머리로 아무리 궁리해 봐도 별 뾰족한 방법이 떠오르지 않았다.

마룡전대는 마련의 정예로서 총 천 명으로 이루어졌다. 마룡전대의 무서움은 천하가 익히 알고 있는 사실이며, 그들은 마련의 정화라고 불린다.

"은오정녀라고? 감히 내 남자의 별호를 따라서 지은 것으로도 모자라서 내 남자하고 그 짓을 한 시진 동안 대여섯 번씩이나 하다니. 죽일 년!"

홍의녀는 생각할수록 더욱 화가 치밀어서 몸까지 바들바들 떨며 작고 흰 주먹을 허공에 대고 흔들었다.

나직하지만 또렷한 사내의 목소리가 들려온 것은 바로 그때였다.

"서로 원하는 것을 갖는 것은 어떻소?"

홍의녀와 두 사내는 움찔 놀라며 재빨리 목소리가 들려온 곳을 쳐다보았다.

세 사람의 시선이 정지된 곳에는 홍의청년이 고개를 약간 젖히면서 술잔을 비우고 있었다.

그 모습만 봐서는 그가 방금 전에 말을 했다고는 믿을 수가 없었다.

매부리코사내가 천천히 자리에서 일어나 홍의청년에게 다가가며 스산한 목소리로 물었다.

"네놈이 방금 지껄였느냐?"

두 눈에서는 은은한 마기가 일렁였고 표정은 사자(死者)의 그것과 다름이 없었다.

보통 사람이라면 그 눈빛에 오줌을 지리겠지만 홍의청년은 끄떡도 하지 않았다.

"그렇소."

오히려 그는 느긋한 동작으로 빈 술잔에 술을 따르며 조용히 대답했다.

스파앗!

순간 매부리코사내에게서 한줄기 흐릿한 반월 모양의 빛이 번뜩였다가 사라졌다.

순간적으로 어깨의 도를 뽑았다가 일초를 전개하고 다시 꽂은 것인데, 얼마나 빠른지 아에 처음부터 발도(拔刀)하지 않은 것 같았다.

쩍!

나직한 소리를 내며 홍의청년 앞에 있는 탁자가 두 쪽으로 쪼개져서 바닥에 뒹굴었다.

그러나 정작 그는 아무 일도 없다는 듯 막 집어 든 술잔을 천천히 입으로 가져가고 있었다.

매부리코사내는 가볍게 움찔 몸을 떨었다.

그는 이쪽을 향해 앉아 있는 홍의청년의 몸을 세로로 쪼개기 위해서 정수리를 겨냥하고 검기를 발출했다.

그런데 홍의청년은 아무렇지도 않고 그 아래에 있는 탁자만 쪼개진 것이었다.

순서대로 하자면 홍의청년의 몸이 먼저 쪼개져야만 했다.

매부리코사내와 세모꼴사내는 움찔 긴장했다. 두 사람은 마련 내에서 상위에 속하는 고수들이다.

고수란 무공만 높은 것이 아니라 여러 면에서 특출해야 하는 법인데, 그중에는 상대의 무공 수위를 알아보는 안목도 포함되어 있다.

그런 그들이 봤을 때 홍의청년은 결코 고수가 아니었다. 아니, 아예 무공을 모르는 사람처럼 보였다.

무공을 할 줄 안다고 해도 그저 밑바닥 삼류 정도의 무사로서 안국현에 구름처럼 모여든 무림 군웅 중 한 명 정도에 불과할 것이라고 여겼다.

홍의청년과 세 사람과의 거리는 일 장 남짓. 그래서 안심하고 나직하게 속삭여도 괜찮다고 안심했었다.

방금 전까지는.

그런데 그게 아니었다.

매부리코사내가 발출한 검기는 정확하게 홍의청년을 겨냥했다.

어느 초식에나 진격(眞擊)과 여격(餘擊)이 있다. 진격에 공력의 대부분이 집중되었으며 여격은 말 그대로 진격을 하고

난 나머지, 즉 여파이다.

그런데 진격은 실패하고 여격이 탁자를 쪼갰으니 어찌 놀라지 않겠는가.

'호신강기!'

순간 매부리코사내의 얼굴에 작은 놀라움이 떠올랐다. 검풍을 막으려면 호신막 정도라도 가능하지만, 검기를 막으려면 한 단계 위인 호신강기여야만 한다.

그리고 호신강기는 삼 갑자 이상의 공력을 지니고 있어야만 전개할 수 있다.

매부리코사내와 세모꼴사내. 즉, 마련 내에서 도검쌍살(刀劍雙殺)이라고 불리는 두 인물은 어느새 그림자처럼 홍의청년을 덮쳐 가면서 어깨의 도검을 뽑았다.

자신들이 합공을 해야만 상대를 죽일 수 있을 것이라고 판단한 것이다.

그러나 두 사람은 홍의청년을 여전히 과소평가하고 있었다.

츄욱―!

가까이에 있던 도살이 먼저 도를 뽑아 홍의청년의 정수리를 향하여 맹렬하게 내리그었다.

같은 순간, 검살이 홍의청년의 심장을 노리고 번갯불처럼 검을 찔러갔다.

당금 무림에서 도검쌍살의 합공을 막거나 피할 인물은 그리 많지 않았다.

이번에는 검기가 아닌 진검 공격이었다.

진검에 순간적으로 강력한 공력을 쏟아 넣으면 호신막이나 호신강기를 깨뜨릴 수도 있는 법인데, 이들은 그 방법을 알고 있었다.

쉬익!

도살은 정확하게 홍의청년의 정수리를 쪼갰다. 얼마나 강력하고 빨랐으면 베는 감각조차 느끼지 못했다.

"응?"

"헛?"

다음 순간 도검쌍살이 약속이나 한 듯이 놀라며 낮은 외침을 터뜨렸다.

도의 손잡이를 움켜쥔 도살의 두 손은 자신의 왼쪽 허리께에 이르러 있었다.

그런 자세는 홍의청년의 정수리를 쪼갠 직후에 나올 수 있는 것이었다.

그런데도 홍의청년은 아무렇지도 않았다.

아니, 그는 젓가락으로 자신의 심장을 찔러오는 검살의 검 끝 부분을 가볍게 잡고 있었다.

검살은 한 쌍의 가느다란 젓가락 사이에서 검을 빼내려고 검파를 두 손으로 잡은 채 용을 쓰고 있었지만 검은 꼼짝도 하지 않았다.

도살은 급히 자신의 도를 내려다보다가 눈을 부릅뜨며 놀라고 말았다.

도파의 도환(刀環:칼코등이)에서 반 뼘 정도만 칼이 있을 뿐 그 아래쪽은 칼날이 없었다. 즉, 그 부위에서 칼날이 잘라져 나간 것이다.

도살이 자신의 칼이 부러져서 사라져 버린 것을 느끼지 못했다니, 믿을 수가 없는 일이었다.

홍의청년의 정수리를 쪼갠 감각을 느끼지 못한 것은 빠르고 강력해서가 아니라 아예 칼날이 없어서 베지 못했기 때문이었던 것이다.

도살은 머리 위를 쳐다보다가 입을 딱 벌리고 말았다. 자신의 부러진 칼날이 어느새 머리 위 천장에 박혀서 아직도 부르르 진동하고 있는 것이 보였다.

홍의청년은 단지 젓가락 한 쌍만으로 도살의 도를 부러뜨리고 검살의 검끝을 잡았다.

도검쌍살로서는 흉내조차 내지 못할 신기였다. 도검쌍살의 가슴 한복판으로 서늘한 바람이 스쳐 갔다.

"나는 거래를 하고 싶을 뿐이지 나쁜 의도는 없소. 싫다면 그만두면 되지 무력을 사용할 필요는 없지 않겠소?"

홍의청년은 젓가락으로 잡고 있던 검을 슬쩍 놔주면서 조용히 말했다.

검을 힘껏 잡아당기고 있던 검살은 자빠질 듯이 뒤뚱거리면서 뒤로 물러나다가 겨우 멈췄다.

도검쌍살이 재차 공격하려고 할 때 홍의녀가 보일 듯 말 듯 왼손을 들어 올렸다.

단지 그것뿐이었지만 도검쌍살은 그 즉시 공격을 멈추고 홍의녀 좌우에 공손히 시립했다.

“서로 원하는 것을 갖자고 말했었느냐?”

홍의녀는 홍의청년에게 시선도 주지 않은 채 젓가락으로 요리를 뒤적이며 물었다.

홍의청년이 신기를 보여주었든 절정고수이든 그녀는 조금도 주눅이 들거나 신경을 쓰는 태도가 아니었다. 그것이 원래 그녀의 성격이었다.

아마도 그녀를 놀라게 만들거나 자극시킬 수 있는 사람은 은오검객 한 명뿐일 것이다.

“그렇소.”

홍의녀가 자신을 쳐다보지도 않고, 반말을 하는데도 홍의청년은 개의치 않고 그녀를 바라보며 조용히 고개를 끄덕였다.

그것은 그의 성격이 아니라 인내심이고 수양이었다.

“내가 무얼 원하는지 알고 있느냐?”

“은오검객의 여자인 은오정녀 아니오? 그리고 은오검객과 혼인하는 것.”

홍의녀는 그가 자신들의 대화를 빼놓지 않고 다 들었다는 사실을 알 수 있었다.

"그렇게 해줄 수 있느냐?"

"은오정녀를 주겠소."

"그럼 나는 너에게 무얼 해주면 되지?"

"백학서원 내부에 대한 상세한 정보면 되오."

"너는 무엇을 얻지?"

"몰라도 되오. 그러나 낭자가 정보만 제공해 준다면 나는 내가 원하는 것을 얻게 될 것이오."

홍의녀는 낮게 냉소했다.

"흥! 비밀이 많은 놈은 믿을 수가 없어."

명확한 대답을 하지 않았으니 거래가 성립되지 않을 수도 있다는 뜻이었다.

홍의청년은 즉시 대답했다.

"나는 백학서원 안에 있는 자들의 죽음을 원하오."

홍의녀의 아미가 상큼 치켜 올라갔다.

"우리 대화를 엿들었다면 그중에 나의 정인이 있다는 사실을 알고 있을 텐데?"

"그를 그대에게 주겠소."

"살아 있는 채로?"

"살아 있는 채로."

홍의녀의 목적은 오직 은오검객뿐이다. 천하가 어찌 되든, 삼천쟁이 벌어지든 상관이 없었다.

"좋아, 거래하겠어."

"고맙소."

홍의청년은 은오검객을 죽일 생각이었지만 계획을 바꿀 수밖에 없었다.

그는 은오검객을 산 채로 홍의녀에게 넘겨줄 생각이다.

단, 무공을 폐지시킨 후에.

홍의녀가 처음으로 홍의청년을 돌아보았다.

"네 이름은 뭐지?"

"……."

홍의녀의 얼굴을 본 홍의청년의 동공이 가벼이 흔들렸다. 놀라움이었다.

그는 혹독한 수련을 거치면서 깊은 수양을 쌓았기 때문에 웬만한 일에는 눈도 까딱하지 않는다.

그렇지만 홍의녀의 얼굴을 보는 순간에는 결코 그런 자제력을 발휘할 수가 없었다.

그는 이날까지 홍의녀처럼 아름다운 여자를 한 번도 본 적이 없었다.

아니, '자신의 마음에 쏙 드는 여자' 라는 표현이 더 적절할 것이다.

"넌 이름도 없어?"

홍의청년의 수양은 헛되지 않았다. 그는 아주 잠깐 이성이 흔들렸으나 곧 평정심을 되찾았다.

“나는 용비라고 하오.”

그는 자신의 본명을 아무에게나 쉽사리 밝히는 사람이 아니다. 그러나 지금의 그는 오히려 홍의녀가 자신의 본명을 기억해 주기를 원했다.

“낭자의 방명을 가르쳐 주지 않겠소?”

“내 이름은 담홍예야.”

홍의녀 담홍예는 대수롭지 않은 듯 대답했다.

홍의청년 용비와는 달리 그녀는 매사에 직선적이고 거리낌이 없는 성격이었으므로 굳이 이름을 숨기는 짓 같은 것은 하지 않는다.

“예쁜 이름이오.”

용비는 ‘담홍예’ 라는 이름을 입속으로 몇 차례 반추하면서 진중한 표정으로 고개를 끄덕였다. 평소의 그답지 않은 말이지만 진심이었다.

하지만 그의 칭찬에 담홍예는 갑자기 서릿발처럼 싸늘하게 일갈했다.

“이놈! 헛소리 집어치워라! 나는 내 낭군에게만 예쁘게 보이면 돼!”

“미안하오.”

용비는 깍듯하게 고개를 숙였다.

더구나 ‘미안’ 따위의 말이나 저자세는 그가 평소에 즐겨 쓰는 말과 행동이 아니다.

아니, 그의 기억으로는 이날까지 살아오면서 누군가에게 미안하다고 말해본 적이 없었다.

용비는 잘 그려진 수묵화를 감상이라도 하듯 눈을 반개한 채 그윽이 담홍예를 응시했다.

용비는 마련이라는 집단과는 실낱같은 인연이 있었다.

그는 십이 세에 사부 혈도신의 제자가 되었는데, 혈도신은 그에게 자신의 무공을 전수하기에 앞서 천중인계의 몇 가지 뛰어난 무공들을 선택하여 가르쳤다.

그중에 하나가 마련의 절학인 혈마참(血魔斬)이었다.

사부 혈도신으로부터 천외신계의 무공을 배우기 시작한 후로는 혈마참 같은 것은 까마득히 잊었는데, 지금 마련의 소련주인 담홍예를 우연히 만나게 되자 과거의 기억이 오롯이 떠오르는 용비였다.

담홍예를 조금쯤은 이성으로 보고 있는 용비와는 달리 그녀는 마음이 급했다.

"언제 할 거지?"

"내일 자정이 좋겠소."

"멍청이."

담홍예의 눈살이 잔뜩 찌푸려졌다.

"그들은 오늘 아침에 오대산으로 출발하는데 텅 빈 백학서원을 공격해서 뭘 어쩌자는 것이지?"

도검쌍살로부터 이미 그런 사실들을 자세하게 보고받은

담홍예였다.

"……."

하지만 그런 사실을 까맣게 모르고 있던 용비는 말문이 막혔다.

슥!

담홍예는 똑바로 용비를 주시하면서 냉랭하게 말했다.

"만약 내가 지금부터 반 시진 후에 백학서원에 당도했을 때까지도 만반의 준비가 갖춰져 있지 않다면 이 거래는 무효가 되는 거야."

용비는 즉시 일어섰다. 반 시진이면 너무 촉박했다.

반드시 거래를 성사시켜야만 했다. 담홍예를 보기 전까지는 은오검객을 죽이는 것만이 목적이었는데, 지금은 그를 죽이는 것이 칠 할이고, 담홍예와의 첫 단추를 잘 끼운 후 관계를 지속시키고 싶다는 희망이 삼 할이었다.

"실례하겠소."

그 말을 남기고 그는 주루 입구로 빠르게 걸어갔다.

그러면서 한 가지 석연치 않음을 느꼈다. 담홍예는 용비가 무엇 때문에 백학서원을 공격하려는 것인지, 그의 신분이 무엇인지에 대해서 일언반구 묻지 않았다.

그것이 못내 께름칙하게 용비의 가슴에 앙금처럼 깔렸다.

그러나 그는 쓸데없는 염려를 하고 있었다.

담홍예는 자신이 관심을 갖고 있는 것 외에는 일체 신경을 쓰지 않는 성격이었다.

　뜻하지 않은 야합은 이렇게 전혀 예기치 않은 장소에서, 예기치 않은 사람들에 의해서 이루어졌다.

第七十六章

習격(襲擊)

　화무린은 연공실에 들어가기 전에 연공실이 있는 전각을 지키고 있는 창천고수에게 아침 묘시(卯時:6시)가 되면 알려 달라고 부탁을 했다.

　연공실 안에서는, 더욱이 무공 수련에 전념하고 있을 때에는 시간이 가는 것은 물론이고 배고픈 것조차 모를 정도로 심취해 있기 때문이다.

　일행이 오대산으로 출발하는 시간은 진시(辰時:아침 8시)로 정해져 있었다.

　그러므로 묘시에 연공실에서 나가면 여유있게 준비할 수 있을 것이라고 생각한 것이다.

화무린이 윤학과 네 명의 당주에게 가르치는 홍몽신류검은 세상을 뒤엎을 만한, 즉 개세의 검법이다.

그는 아침에 오대산으로 출발하기 전에 그들 다섯 사람에게 홍몽신류검의 중요한 골간(骨幹)만이라도 가르치려고 무진 애를 썼으며, 다행히 아침이 되었을 때에는 웬만큼 성과를 거둔 상태였다.

윤학과 네 명의 당주는 서툴기는 하지만 홍몽신류검을 처음부터 끝까지 틀리지 않고 전개할 수 있게 되었다. 남은 것은 끝없는 수련이었다.

이윽고 시간이 묘시가 충분히 지났을 것 같은데도 창천고수가 알려주러 오지 않자 화무린은 서둘러 가르침을 마무리한 후 윤학 등과 함께 지하 연공실을 나왔다.

연공실은 지하 깊숙한 곳에 위치해 있기 때문에 밖에서 천지개벽이 일어나지 않는 한 알 수가 없었다.

스르릉!

벽이 안쪽으로 열리는 것과 동시에 막 밖으로 나가려던 화무린이 뚝 걸음을 멈추었다.

문을 열고 나가면 서가(書架)의 널찍한 뒤쪽이 가로막고 있어야 하는데 앞이 시원하게 뚫려 있었던 것이다.

실내의 광경이 한눈에 들어왔다. 어찌 된 일인지 난장판으로 변해 있었다.

서실(書室)의 삼면 벽을 등지고 있던 일고여덟 개의 서가가 모조리 쓰러져서 수천 권의 서책들이 나뒹굴어 있었고, 그 사이에 부서진 탁자와 의자들이 군데군데 보였다.

마치 누군가 침입해서 무엇인가를 찾으려고 실내를 샅샅이 뒤진 것 같은 광경이었다.

불길한 예감이 화무린의 뒤통수를 강타했다.

휘익!

그가 서실 밖으로 쏜살같이 쏘아져 나가자 윤학과 네 명의 당주가 그 뒤를 따랐다.

"장주!"

"어떻게 이런……!"

"맙소사!"

윤학과 네 당주는 전각 앞에 벌어져 있는 광경을 보고 대경실색하여 소리쳤다.

다섯 사람은 전각 입구 돌계단 위에 나란히 서 있었다.

그리고 그들 앞에 펼쳐진 것은 치열한 전투가 끝난 직후의 참혹한 광경이었다. 눈길이 미치는 모든 장소에 시체들이 널려 있었다.

머리와 팔다리를 잃고 몸통이 통째로 잘린 시체들이 홍건한 핏물 속에 어지럽게 쓰러져 있었으며 짙은 피비린내가 진동했다.

화무린의 시선이 아무런 의미도 없이 시체들 위를 잔물결처럼 떠다녔다.

그는 큰 충격을 받았다. 머리가 멍해서 한순간 아무 생각도 할 수가 없었다.

윤학과 네 당주는 급히 전각 아래로 뛰어내려 시체들을 살핀 후 화무린에게 외쳤다.

"장주! 천외무적군 시체도 있습니다!"

순간 화무린은 퍼뜩 정신을 차렸다. 아주 불길한 예감이 뒷골을 스쳤다.

'군아!'

속으로 부르짖는 순간 그의 신형은 한줄기 빛이 되어 소군의 거처로 쏘아가고 있었다.

"군아……!"

불길한 예감은 현실이 되고 말았다.

소군의 거처에 그녀는 없었다. 대신 깨지고 박살 난 침상과 탁자, 집기들만 어지러이 널려 있었다.

"장주! 소저는 장원 내 어디에도 안 계십니다!"

"시체들도 살펴봤습니다만 소저의 모습은 어디에서도 발견되지 않았습니다!"

백학서원 내를 샅샅이 뒤진 윤학과 네 당주가 급히 방으로 들이닥치며 보고했다.

초조해 있던 화무린은 그들의 보고를 듣고 일단 안도했다. 시체가 발견되지 않았다는 것은 소군이 아직 살아 있을 가능성이 높다는 증거였다.

그러나 소군의 실종은 청천벽력과도 같은 충격이었다.

화무린은 지금의 상황이 조금도 실감나지 않았다.

소군을 다시 만난 후 그녀가 자신의 곁에 없다는 것은 추호도 상상해 본 적이 없었다.

'침착하자! 무린아, 당황하면 안 된다!'

그는 지그시 눈을 감고 스스로에게 수없이 요구했다. 그렇지만 온몸의 피가 증발해 버린 것 같았고, 두 발이 바닥을 딛고 있는 것 같지 않았다.

그의 몸이 학질에 걸린 것처럼 부들부들 떨렸으며 머리털이 곤두섰다.

윤학 등은 극도로 조심하면서 침묵을 지켰다.

잠시가 지나서야 화무린은 천천히 눈을 떴다. 몸이 떨리는 것은 멈춰 있었다.

화무린을 보던 윤학 등은 움찔 놀랐다. 그의 두 눈에 핏발이 곤두섰으며, 안색이 밀랍처럼 창백했기 때문이다. 그들은 화무린의 그런 모습을 처음 보았다.

"장원 내에는 살아 있는 사람이 아무도 없었는가?"

그의 목소리는 무겁게 가라앉았고 마른 논바닥처럼 갈라졌다.

윤학이 공손히 보고했다.

"그렇습니다."

"시체들을 다시 자세히 확인해 주게."

그 말을 남기고 화무린은 바람처럼 밖으로 나가 버렸다.

그가 초조한 표정으로 다시 백학서원으로 돌아온 것은 한 시진쯤 지난 후였다.

그는 한 시진 동안 안국현 내는 물론 주변을 샅샅이 살펴봤지만 의심할 만한 것을 발견하지 못했다.

백학서원으로 돌아왔을 때 그를 기다리고 있는 것은 뜻밖에도 창천제와 백여 명의 창천, 호천고수들이었다.

그들은 백학서원을 습격했던 무리들을 추격했다가 이제야 돌아온 것이다.

"을시경에 이곳을 급습한 자들은 백 명쯤 되는 천외무적군 정예였네."

창천제가 굳은 얼굴로 입을 열었다.

"백 명이라고는 하지만, 놈들은 아주 강했네. 그중에서도 무리를 이끌던 홍의를 입은 젊은 청년은 무쌍신에 가까운 실력이었네."

그는 당시를 회상하면서 설명을 이었다.

"백 명 중에 절반 정도는 십이령후에 조금 못 미치는 무서운 실력자들이었네. 아마도 그놈들은 천외신계 서열 육위인 사십팔월사가 분명한 것 같네."

창천제는 옷이 여기저기 찢어지고 팔과 허리, 옆구리에 상처를 입은 성치 않은 모습이었다.

초절정고수인 그가 그 지경이 된 것을 보고 습격한 백 명의 실력이 어느 정도였을지 화무린은 어렵지 않게 짐작할 수 있었다.

"군아는 어찌 됐습니까?"

화무린이 참지 못하고 급히 물었다.

창천제의 표정이 무거워졌다.

"놈들이 급작스럽게 들이닥쳐서 닥치는 대로 살인을 하는 터에 우리 모두 뛰쳐나가서 맞싸우느라 창천구대주에게는 미처 신경을 쓰지 못했네."

창천구대주는 소군을 가리킨다.

그의 말은 옳았다. 불의의 습격에 장원 전체가 아수라장으로 급변한 판국에 창천제나 호천제 등이 어찌 소군에게까지 신경 쓸 겨를이 있었겠는가.

느닷없이 습격을 당한 백학서원은 순간적으로 당황했지만 마침 모두들 오대산으로의 출발을 준비하고 있었기 때문에 신속하게 대응할 수 있었다.

백학서원에는 창천제와 호천제, 봉선, 은겸, 호천사령, 무아 선사와 철심협개 등과 창천고수를 위시한 육십 명 정도의 구중천 고수들이 있었다.

그들은 습격자들을 맞이하여 전력으로 싸웠다.

하지만 습격자들은 너무 막강해서 백학서원 쪽은 순식간

에 열세에 처했다.

습격자들 중에서 가장 약한 자가 창천고수 두 명을 합쳐 놓은 정도의 실력이었다.

또한 가장 강한 우두머리 홍의청년은 창천제보다 반 수 정도 더 고강했다.

그러므로 백학서원의 전력만으로 그들을 당해내는 것은 역부족일 수밖에 없었다.

그러나 천만다행인 것은 백학서원 바로 옆 장원의 넓은 마당에 호천제가 이끌고 온 이백 명의 호천고수와 묘봉산대혈전에서 뿔뿔이 흩어졌다가 모인 구중천 고수 삼백여 명, 그리고 오대산으로 출전할 천비군 삼천 명이 만반의 준비를 갖춘 채 대기하고 있었다는 사실이다.

그들 삼천오백 명이 바로 옆 장원인 백학서원에서 벌어지는 소란을 듣지 못했을 리 없다.

그들이 밀물처럼 백학서원에 들이닥치자 전세는 한순간에 역전됐다.

습격자들이 제아무리 막강하다고 해도 오백여 명의 구중천 고수와 하나같이 일류고수 이상인 천비군 삼천여 명을 당해낼 재간은 없었다.

게다가 소식을 들은 현 밖의 천비군 이천 명과 지홍군 이만 명. 인의군 오만 오천 명까지 불과 이각 만에 백학서원으로 구름처럼 몰려들었다.

무려 팔만여 명. 군대로 치면 팔만 대군이다. 천외무적군 백 명은 정예 중에서도 정예지만 대군을 상대로 전쟁을 치를 정도는 아니었다.

결국 습격자들은 백학서원을 급습한 지 반 시진 만에 무리의 절반을 잃은 채 패퇴할 수밖에 없었다.

또한 팔만여 무림 군웅의 포위망을 결사적으로 뚫고 도주하는 과정에서 다시 절반 이상을 잃었고 겨우 이십여 명만이 도주에 성공했다.

그리고 창천제와 호천제, 봉선, 은겸 등이 무리를 이끌고 즉시 놈들을 추격했다.

습격자, 아니, 이제는 도주자가 된 그들은 안국현을 벗어나 북쪽의 산악 지대로 향했다.

추격을 하는 과정에서 창천제와 봉선 등은 습격자의 우두머리인 홍의청년, 즉 용비가 어깨에 소군을 멘 채 도주하고 있는 것을 발견하고 그제야 소군이 납치됐다는 사실을 알게 되었다.

"그래서, 군아는 구했습니까?"

화무린이 숨 가쁘게 물었다.

"놈들은 안국현을 빠져나가자마자 둘로 갈라져서 각기 다른 방향으로 도주하기 시작했네. 노부와 호천제는 각기 하나씩을 맡아 추격했지. 창천구대주를 납치한 우두머리 쪽을 노부가 추격했네. 그러나 놈들은 워낙 빨랐고, 노부가 이끌던 고수들은 너무 느렸네. 그래서 결국 현 밖 삼십여 리쯤에서 놓치고 말았네."

창천제가 추격하던 자들은 용비를 포함한 열 명이었다.

창천제 혼자였다면 그들을 충분히 따라잡을 수 있었겠지만, 그렇게 한들 혼자서 용비를 비롯한 십여 명을 당해내지 못하기 때문에 추격을 포기할 수밖에 없었던 것이다.

더구나 습격자들은 점점 더 산속 깊숙이 들어가고 있었다. 그들은 산행에 능숙했지만 반면에 창천제를 비롯한 추격자들은 아니었다.

"그런데……."

창천제가 고개를 갸웃거렸다.

"한 가지 이상한 점은 처음에 추격을 하는 과정에서 우두머리인 홍의청년이 데리고 있던 창천구대주가 감쪽같이 사라져 버렸다는 것일세. 아마도 다른 무리가 데려간 모양인데 언제, 어디로 갔는지 모르겠네."

순간 화무린은 딛고 서 있는 바닥이 갑자기 푹 꺼지는 듯한 느낌을 받았다. 이대로 소군을 영영 잃어버린 것만 같은 기분이었다.

"봉선님이 다른 한 무리를 계속 추격 중인데, 아마도 창천구대주는 그쪽에 있을 것 같네."

화무린이 급히 물었다.

"봉선님이 추격하는 방향은 어디쯤입니까?"

"봉선님은 안국현 북쪽 삼십여 리 지점에서 북동쪽으로 추격을 했고 노부는 서북쪽으로 추격했었네."

"그런데 놈들이 무엇 때문에 군아를 납치한 것입니까? 설마 놈들이 이곳을 습격한 이유가 군아 때문입니까?"

그것이 못내 궁금했다. 소군이 구중천 사람이라고 해도 일개 나찰의 신분이라 별로 중요한 사람이 아닐 텐데도 굳이 그녀를 납치했기 때문이다.

창천제는 잠시 생각하더니 신중하게 대답했다.

"노부 생각으로는 아무래도 놈들이 목표로 삼은 것은 자네인 것 같네."

"어째서 저입니까?"

"자네, 아니, 은오검객은 지난 칠팔 개월 사이에 실로 눈부신 활약을 했었네. 자네 한 사람이 천외신계에게 입힌 타격은 굉장한 것이지."

사실 그것에 대해서 화무린은 별로 실감하지 못하고 있는 상태였다.

그는 단지 원수들을 죽이기 위해서 혈안이 되어 동분서주했을 뿐이었다.

그러므로 자신이 천외신계에게 어떤 타격을 입혔는지에 대해서는 별로 신경 쓰지 않았고, 그것 때문에 자신이 얼마나 유명해졌는지에 대해서도 당연히 무관심했다. 그것은 앞으로도 그럴 것이다.

창천제가 진중히 말을 이었다.

"아무래도 놈들 백 명은 은오검객인 자네를 암살하기 위한 암살단이었을 가능성이 높네. 그런데 자네가 지하 연공실에 있느라 놈들 눈에 띄지 않았기 때문에 자네 대신 창천구대주를 납치해 간 것이지."

"제가 목적이라면서 왜 군아를 납치했을까요?"

그 역시 의문이었다.

"자네에게 창천구대주는 어떤 존재인가?"

화무린은 숨도 쉬지 않고 즉시 대답했다.

"제 목숨 같은, 아니, 목숨보다 더 소중한 존재입니다."

"그래도 모르겠나?"

그제야 화무린은 번쩍 정신이 들었다.

"놈들은 군아를 볼모로 해서 날 협박하려고……?"

중얼거리던 그는 어이없는 표정을 지으며 말을 끝까지 잇지 못했다.

소군이 천외신계의 수중에 있다는 사실은 화무린 자신이 죽음의 구렁텅이에 빠져서 고통을 받는 것보다 더 견디기 어려운 일이었다.

놈들은 화무린이 소군을 얼마나 사랑하고 있는지 정확하게 알고 있었다. 아니, 은오검객과 은오정녀의 금실이 천하에 너무 파다하게 퍼져 있다고 해야 옳았다.

화무린은 즉시 몸을 돌렸다.

"봉선님이 추격하고 있는 놈들을 쫓겠습니다."

"그러도록 하게. 우린 전열을 재정비하는 대로 오대산으로 출발할 테니 자넨 창천구대주를 구하는 즉시 봉선님과 함께 뒤따라오게!"

화무린과 윤학, 네 명의 당주가 신형을 날려 장원 밖으로 쏘아갈 때 뒤에서 창천제가 외쳤다.

창천제는 화무린이 소군을 구할 것이라고 믿었다. 아니, 반드시 그래야만 했다.

창천제에게는 소군을 구하는 일도 중요하지만 천녀황에게 쫓기고 있을 구중천주 일행을 구하는 일이 더 시급하고 중요했다.

그런 것을 이해하는 화무린이기에 소군을 내버려 두고 출발하려고 하는 창천제를 원망할 순 없는 일이었다.

봉선과 호천제는 끝까지 추격을 포기하지 않았다.

그들이 추격하는 자들 중에는 여자가 한 명 포함되어 있었으며 바로 마련의 소련주 담홍예였다.

도주하는 자들은 모두 열한 명인데, 여덟 명은 복장이 모두 같았고 세 명만 달랐다. 그 세 명은 담홍예와 그녀의 심복인 도검쌍살이었다.

도검쌍살은 열한 명 중에서 무공이 가장 약하지만 경공술만큼은 놀라울 정도로 뛰어나서 결코 대열에서 뒤처지는 일이 없었다.

그런데 어찌 된 일인지 그들을 추격하는 사람은 두 명, 봉선과 호천제뿐이었다.

하지만 도주하는 열한 명은 추격자가 두 명뿐이라고 해서 잠시 멈춰 그 두 명을 죽이려고 하지는 않았다. 아니, 할 수가 없었다.

왜냐하면 두 명 뒤에는 은겸과 호천사령, 구중천 고수들이 바짝 뒤쫓고 있었으며, 그 뒤로는 천비군 중에서도 경공이 뛰어난 군웅 수백 명이 뒤쫓고 있었기 때문이다.

도주자들이 봉선과 호천제를 죽이려고 잠시 지체하다가는 은겸과 호천사령, 창천, 호천고수들 수십 명이 들이닥쳐서 포위할 것이다.

그리고 또 잠시 후에는 천비군 수백 명마저 당도하게 되어 빼도 박도 못하는 신세가 될 것이 뻔한 일이었다.

도주하는 자들 중에서 담홍예와 도검쌍살을 제외한 나머지는 천외신계 사십팔월사의 여덟 명이었다.

봉선과 호천제는 도주하는 자들 중에서 선두를 달리고 있는 한 명이 언제부터인가 소군을 어깨에 메고 있다는 사실을 알게 되었다.

그자는 사십팔월사의 한 명으로 무리 중에서 경공이 가장 뛰어난 인물이었다.

봉선은 습격자들이 백학서원에서 탈출할 때에는 우두머리

인 홍의청년이 소군을 메고 있는 것으로 기억하고 있었다.

그러던 것이 두 무리로 갈라지면서 소군을 이쪽으로 넘긴 모양이었다.

소군은 혼절했는지 그자의 어깨 뒤쪽으로 늘어진 하체가 이리저리 흔들리고 있었다.

도주하는 무리와 추격하는 두 사람과의 거리는 거의 처음부터 줄곧 삼십여 장이 유지된 채 더 이상 멀어지지도, 좁혀지지도 않고 있었다.

봉선과 호천제는 도주자들보다 경공이 뛰어나지만, 그것은 어디까지나 평지에서의 얘기다.

도주자들은 산을 잘 알고 있었으며 산세를 그때그때 적절하게 이용했기 때문에, 그것이 봉선과 호천제보다 약간 뒤처지는 경공술을 충분히 보완하고도 남았다.

안국현을 벗어난 지 벌써 한 시진째였고, 거리는 칠십여 리 이상 멀리 왔다.

봉선과 호천제는 한 시진 동안 쉬지 않고 전력으로 달렸기 때문에 공력이 꽤 소비됐지만 추격을 포기하고 싶은 마음은 추호도 없었다.

봉선 같은 경우에는 천외무적군을 때려죽이는 일은 둘째 치고라도 무슨 수를 써서라도 소군을 구하고 싶었다.

그 이유는 순전히 소군이 화무린의 여자이기 때문이었다.

두 사람이 서로를 얼마나 끔찍하게 사랑하고 있는지 잘 알고 있는 그녀다.

소군을 잃고 슬퍼할 화무린의 모습이 눈에 선해서 절대 추격을 포기할 수가 없었다.

그렇지만 한 시진이 지나도록 도주자들과의 거리가 좀처럼 좁혀지지 않았다.

더구나 공력이 점차 소모되고 있어서 봉선의 마음은 극도로 초조해졌다.

그때 도주자들의 모습이 언덕 너머로 사라졌다.

지금껏 언덕이나 골짜기가 나타나 도주자들의 모습이 잠시 동안 사라질 때마다 그랬던 것처럼 봉선과 호천제는 그들이 무슨 수작이라도 부릴 것을 염려해서 가일층 속력을 내어 언덕을 향해 쏘아갔다.

"……!"

그런데 다음 순간 언덕을 막 넘은 두 사람은 가볍게 놀란 표정을 지었다.

고개 하나를 넘은 것뿐인데, 도주하고 있던 자들이 어느새 열한 명에서 스물한 명으로 불어나 있었기 때문이다.

산행이 시작되면서 둘로 갈라졌던 또 하나의 무리가 어디선가 나타나 합류한 것이다.

새로 합류한 무리 중에 우두머리인 용비의 모습이 보였다.

그들은 창천제를 여유있게 따돌리고 산을 크게 휘돌아서 이쪽 무리와 합류한 것이다.

그때 달리던 용비가 힐끗 뒤돌아보았다.

삼십여 장 뒤에서 봉선과 호천제가 꾸준히 추격하고 있는 모습이 보였다.

순식간에 저 둘만 죽이고 사라져 버리면 수백 장 혹은 몇 리 뒤에서 추격하고 있는 창천, 호천고수들과 천비군은 허둥대다가 제풀에 지쳐서 돌아갈 것이다, 라고 용비는 나름대로 계산을 세웠다.

용비가 합류하기 전까지는 저 둘을 해치우고 도주하는 것의 성패가 각각 절반씩이었지만, 용비와 아홉 명의 월사(月死)가 합류한 이상 성공 가능성은 십 할이다.

"지금 즉시 일, 이, 삼, 오, 팔월사는 늙은이 한 명을 합공하라."

용비는 명령을 내리면서 몸을 새털처럼 가볍게 하여 위로 솟구쳐 올랐다.

부지런히 추격하던 봉선과 호천제는 도주자들의 선두에서 갑자기 홍의청년을 비롯한 여섯 명이 둥실 허공으로 떠오르는 것을 발견하고 가볍게 놀라는 표정을 지었다.

아니, 그들은 떠오르는가 싶더니 급격히 포물선을 그리면서 봉선과 호천제를 향해 빠른 속도로 쏘아왔다.

두 사람은 백학서원에서 홍의청년 용비와 서너 차례 부딪쳐서 격돌했을 때 각각 가벼운 내상과 외상을 입었기 때문에 그가 자신들보다 반 수 이상 고강하다는 사실을 몸으로 체험

한 상태였다.

용비와 다섯 명 월사의 공격이라면 봉선과 호천제는 길어야 십여 초를 넘기지 못할 것이다.

십여 초 안에는 은결을 비롯한 창천, 호천고수들이 당도하지 못할 것이다.

만약 그들이 당도하기를 원한다면 죽을힘을 다해서 최소한 이십 초 이상을 버텨야만 한다.

봉선과 호천제는 멈칫했다.

방금 전에 용비를 포함한 열 명이 이 무리와 합세했을 때, 그들이 공격해 올 수도 있다는 사실을 생각했어야만 했는데 그러지를 못한 것이 실수였다.

방향을 바꾼 여섯 명은 순식간에 봉선과 호천제의 삼 장 전면 허공까지 쇄도했다.

봉선과 호천제로서는 선택의 여지가 없었다, 전력으로 반격을 하는 것 외에는.

쉬이익!

용비는 봉선을, 다섯 명의 월사는 호천제를 향해 일직선으로 쏘아왔다.

문득 봉선은 용비가 어깨의 보검을 뽑으면서 번개같이 허공의 세 점(點)을 그으며 손목을 흔드는 특이한 동작을 발견하고 움찔 놀랐다.

'설마?'

다음 순간 허공 이 장 전면까지 쇄도한 용비가 검을 봉선을 향해 떨치듯이 그었다.

그러나 아무 소리도 들리지 않았고, 아무것도 보이지 않았다. 무형과 무음. 봉선이 설마 했던 것이 현실로 드러나는 순간이었다.

'적멸기류!'

봉선은 너무 놀라 하마터면 소리를 지를 뻔했다.

용비가 전개한 것은 천지 조화검 이 초식 무무조화 중에 적멸기류였던 것이다.

그러나 천외신계의 인물이 어떻게 해서 천상성계의 성제 일족만 배울 수 있는 천지 조화검을 전개하는 것인지 궁금하게 여길 여유가 봉선에게는 없었다.

무형, 무음의 적멸기류지만, 봉선은 그것이 이미 지척까지 쇄도했음을 직감했다.

적멸기류의 진짜 무서움은 무형, 무음보다는 그 가공할 위력에 있다.

즉각 반격하지 않는다면 치명상을 면치 못할 터. 의혹을 푸는 것은 살아남은 후에라도 늦지 않을 것이다.

봉선은 수중의 백옥적에 전 공력을 주입하여 천상성계의 절학 중 하나인 혼원강기(混元罡氣)를 뿜어냈다.

꽈르릉!

고막을 찢을 듯한 폭발음이 터지며 주위의 공기가 격렬하게 진저리쳤다.

그 한 번의 격돌에 봉선은 기혈이 크게 진탕되는 것을 느끼며 뒤로 훌훌 튕겨져 날아갔다.

반면에 용비는 허공중에서 아주 잠깐 주춤하는 듯하더니 곧장 봉선을 향해 두 번째 공격을 펼쳐 왔다.

용비는 칠 개월 전 구중천에서 나올 때 백오십 년의 공력이었다.

그러나 그는 천녀황을 수행하여 구중천으로 향하던 배 안에서 자신을 귀엽게 여긴 그녀로부터 북해 설산(雪山) 깊은 곳에서만 자생한다는 전설의 영초 천년설수오(千年雪首烏) 한 뿌리를 하사받았다.

천녀황 정도의 초극고수(超極高手)에겐 천년설수오 같은 영물이 별반 소용이 없다.

그러나 용비에게는 평생에 한 번 생기기 어려운 축복이며 은혜였다.

용비는 사부인 혈도신에게 보고하지도 않은 채 천년설수오를 받은 자리에서 으적으적 씹어 삼켰다.

그 결과 그의 공력은 일 갑자 가까이 급증하여 이백십 년의 공력이 되었다.

그로써 그는 사부인 혈도신보다는 조금 약하고 육천군 중에서 가장 센 대천군보다는 고강한 실력자가 되었다.

물론 용비는 공력 면에서 대천군보다 삼십 년 정도 열세인 상태였지만, 그는 천지 조화검이라는 불세출의 절학을 지니고 있었다.

천지 조화검은 삼십 년의 공력적인 열세 정도는 능히 보완해 주고도 남음이 있었다.

그것은 지금 봉선과의 대결에서도 그 진가를 유감없이 발휘하고 있었다.

봉선의 공력은 이백이십 년으로 용비보다 십 년 높지만 천지 조화검을 당해낼 수가 없었다.

그녀의 두 발이 땅에 닿았지만 반탄력이 강해서 즉시 멈출 수가 없었다.

그녀는 비틀거리면서 뒤로 몇 걸음 물러나며 이 장 전면 허공에서 쇄도해 오고 있는 용비를 쳐다보았다.

용비의 입술 끝이 비틀리면서 얄팍한 조소가 피어나는 것이 보였다.

"크흐흐! 네년이 균천제의 좌호법인 봉선이로구나!"

용비의 악귀 같은 미소에 봉선은 소름이 쫙 끼쳤다. 그리고 그가 어떻게 자신의 신분을 정확하게 알고 있는 것인지 혼란스러웠다.

상대는 아직 젊은 청년의 모습인데도 천지 조화검을 구사하고 있으며 봉선을 한눈에 알아보았다.

도대체 누구라는 말인가?

"크핫핫핫! 네년이 하늘처럼 떠받들고 있는 천상성계 성제 일족의 절학 무상검탄강에 죽으리라고는 꿈에도 예상하지 못했겠지?"

'무상검탄강!'

봉선은 아연실색했다. 무상검탄강은 천지 조화검 마지막 삼 초식 중 하나의 변화이다.

천지 조화검 최고 최후의 절초라고까지는 할 수 없지만 경천동지의 위력인 것만은 틀림이 없었다.

고오오!

순간 하나의 시뻘건 빛의 기둥이 지옥에서 폭발하는 것처럼 봉선을 향해 무시무시하게 뿜어져 왔다.

그 빠르기는 무엇과도 비교할 수가 없을 것 같았다. 봉선은 눈이 부셔서 시뻘건 피의 빛 기둥을 똑바로 쳐다보기조차 힘들었다.

그녀는 균천제, 즉 천주의 좌호법이기 때문에 그가 연공을 하면서 전개하는 천지 조화검을, 그중에서도 무상검탄강을 많이 봐왔다.

그리고 얼마 전에는 화무린이 전개하는 무상검탄강도 직접 목격한 적이 있었다.

균천제나 화무린의 무상검탄강은 둘 다 반투명한 금광인데, 기이하게도 용비의 것은 핏빛이었다.

그 이유는 균천제와 화무린은 똑같이 조화무극심법을 연공했지만 용비는 다른 신공, 즉 천외신계의 신공을 연공했기 때문이다.

　봉선은 입술을 깨물면서 자신의 전 공력을 오른팔에 집중시켜 혼원강기를 뿜어냈다.

　그러면서 그녀는 이번 격돌의 결과가 어떻게 드러날지 이미 예상하고 있었다.

　쩌러렁!

　천번지복의 굉렬한 우레성이 터져 나왔다.

　"아악!"

　거의 동시에 봉선은 날카로운 비명을 터뜨리며 쏜살같이 뒤로 튕겨져 날아가 등을 땅에 부딪치더니 땅을 깊고 길게 파면서 오륙 장이나 밀려갔다.

　애초부터 봉선의 혼원강기로는 무상검탄강을 당적해 낼 수가 없었다.

　그녀가 지닌 무공 중에서 가장 강한 것이 혼원강기였다. 그러므로 이것은 예견된 결과였다.

　봉선은 가슴이 으깨어져 갈비뼈가 박살 났으며 내장과 심, 혈맥이 끊어진 상태였다.

　그녀는 쓰러진 자세에서 힘없이 눈을 반쯤 뜨고 입에서 꾸역꾸역 검붉은 피를 토해냈다.

　"봉선님!"

　다섯 월사들의 협공을 당하면서 궁지에 몰려 있던 호천제가 봉선의 비명 소리를 듣고 그녀 쪽을 쳐다보면서 다급히 소리쳤다.

사삭! 푹!

"흐윽!"

그 순간을 기다렸다는 듯이 한 자루 도가 호천제의 등을 길게 그었으며, 동시에 또 한 자루 검이 옆구리를 깊이 쑤시고 들어왔다.

"호천제님, 어서 피하세요…….'

봉선은 피를 토하면서도 호천제를 향해 팔을 뻗으면서 안타깝게 중얼거렸다.

자신은 죽게 됐으나 호천제만이라도 살기를 바라는 간절한 심정이었다.

"이년, 끈질긴 목숨이구나!"

순간 용비가 어느새 쓰러져 있는 봉선의 위쪽 허공에 이르러 수중의 검을 머리 위로 치켜들며 인상을 썼다.

"너, 너는… 누구에게 천지 조화검을… 배웠느냐……?"

봉선은 감기려는 눈을 애써 뜨면서 헐떡였다. 자신이 죽는 것도 안타깝지만 그것이 더 궁금했던 것이다. 그것을 모르고 죽으면 눈을 감지 못할 것 같았다.

용비는 허공중에 정지한 채 키득거렸다.

"크흐흐! 천지 조화검은 천상성계 성제 일족의 절학인데 내가 누구에게 배웠겠느냐?"

"마, 말도 안 돼……."

“크흐흐. 네년이 죽거든 곧 뒤따라 죽을 균천제 늙은이에게 물어보아라. 용비가 누군지 말이다.”

“용비…….”

“크흐흐. 너희 구중천에서는 날 주천십구호(朱天十九號)라고 부르더군.”

봉선의 감기려는 눈이 잔뜩 커졌다.

“그… 렇다면 너는 선천고수!”

“흐흐흐. 그랬었지. 그러나 내 신분은 죽어서도 변하지 않는 자랑스러운 천신족(天神族)이다.”

천외신계는 자신들을 ‘천신족’이라 스스로 격상해서 부르고, 천상성계나 천중인계에서는 그들을 ‘천외족(天外族)’이라고 낮춰서 부른다.

그 순간 봉선은 머릿속이 환해졌다. 어떻게 된 영문인지 깨달은 것이다.

천외신계 혈도신의 제자 용비가 신분을 감쪽같이 속이고 구중천에 잠입했다.

추측하건대 목적은 구중천에 대한 염탐과 천지 조화검을 배우는 것이었을 터.

“네가… 바로 그 ‘용비’였군.”

그때 봉선이 입술을 힘껏 깨물고 안간힘을 쓰면서 일어서며 말했다.

그녀는 화무린에게서 ‘용비’라는 이름에 대해서 들은 적이 있었다.

화무린은 개방 안국현 부분타주인 강재가 만든 약을 먹인 구령후에게 실토를 받아내는 과정에서 혈도신의 제자인 '용비'라는 자가 천외신계의 첩자로 구중천에 잠입했었으며, 그가 천녀황 등을 이끌고 구중천을 공격하러 떠났다는 사실을 들은 적이 있었다.

봉선은 화무린에게 들은 '용비'를 이곳에서 만날 줄은 몰랐고, 더구나 그가 천지 조화검을 배웠으리라고는 상상조차 하지 못했다.

사실 균천제는 화무린에게 천지 조화검을 가르치기 시작한 지 보름 후에 창천제로부터 놀라운 보고를 받았다.

구중천에 들어와 선천고수로 선택된 자 중에 한 명이 화무린에 이어서 천지 조화검을 배우겠다고 말했다는 것이다.

구중천의 팔대지옥 전체는 원래 은겸이 관할하고 있었지만, 그는 화무린과 함께 천지 조화검을 배우기 시작하면서 모든 업무에서 손을 떼고 무공 수련에만 전념하라는 균천제의 명령이 있었다.

그래서 그때부터 창천삼령의 한 명인 적궁이 은겸의 일을 이어받아 팔대지옥을 관장했으며, 화무린 이후에 천지 조화검을 배우고 싶다고 요구한 또 한 명을 창천제에서 보고한 것도 바로 그였다.

화무린에게 천지 조화검을 가르치기로 결정한 전례가 있

는 균천제로서는 천지 조화검을 배우고 싶다는 또 한 사람 용
비를 철저하게 심사하여 심성과 자질이 뛰어나다는 판단이
서면 굳이 배격할 이유가 없었다.

또한 그를 잘 키우면 장차 훌륭한 선천고수가 될 것이라고
도 생각했다.

용비를 직접 만나 대화도 나누어보고 골격과 자질을 자세
히 살펴본 균천제는 그가 화무린에 필적할 만한 인재라고 판
단하여 결국 천지 조화검을 가르치기로 마음을 굳혔다. 대신
이번에는 자신이 직접 가르치기로 했다.

그러나 균천제는 그 결정이 일생일대의 실수였다는 사실
을 아직도 모르고 있을 것이다.

'네가 바로 그 용비였군' 이라는 봉선의 말은 용비의 의혹
을 자극하기에 충분했다.

"나를 알고 있었느냐?"

"은오검객이 네가 혈도신의 제자이며 가증스러운 첩자였
다는 사실을 밝혀냈다."

봉선은 가증스럽다는 표정으로 대답했다.

용비는 고개를 갸웃거리며 중얼거렸다.

"도대체 은오검객이라는 자가 어떤 자인지 정말 궁금하군.
그자는 못하는 것이 없고 모르는 것이 없으니… 설마 신(神)이
라도 된다는 말인가?"

문득, 봉선은 화무린을 생각하니까 지금의 절박한 상황을

잠시 잊어버릴 정도로 기분이 몹시 좋아져서 상쾌한 웃음마저 터뜨릴 수 있었다.

"호호호훗! 너는 은오검객을 만나게 되면 줄행랑을 쳐야만 목숨을 부지할 수 있을 것이다! 우욱!"

그녀는 가슴이 후련해지도록 통쾌하게 웃다가 핏덩이를 왈칵 토하며 가슴을 움켜잡고 비틀거렸다.

용비는 울컥하여 오만상을 찌푸렸다. 그러나 곧 잔인한 미소를 흘렸다.

"크흐흐. 좋아! 만약 운 좋게 은오검객이라는 놈을 만나면 그놈도 곧 저승으로 보내줄 테니 너는 먼저 가서 그놈을 기다리도록 해라!"

봉선은 지지 않고 대꾸했다.

"호훗! 은오검객은 천외족을 깡그리 전멸시킨 후에도 수백 년 동안 천수를 누리실 분이다! 저승으로 곧 뒤따라올 놈은 그분이 아니라 바로 너일 테니까 내가 먼저 가서 자리를 봐주도록 하마."

그녀는 손등으로 입에서 흐르는 피를 닦으면서도 기분이 좋았다.

그래서 그녀는 또 한 가지 사실을 깨달았다. 화무린의 무궁무진한 능력 중에서 '그를 생각하는 것만으로도 기분이 좋아진다' 는 사실을 말이다.

"천수를 누리실 분이라고? 그렇다면 은오검객은 너의 윗사람인가 보군."

　대수롭지 않게 말하는 용비의 미소가 뒤틀리면서 잔인하게 변했다.

　"어쨌든 지금 죽는 것은 내가 아니라 바로 네년이다!"

　머리 위로 치켜들었던 용비의 검이 벼락같이 봉선을 향해 그어졌다.

　봉선의 안색이 해쓱하게 변했다. 쓰러져 있다가 일어서는 것까지는 했지만 공력이 한 움큼도 모아지지 않아서 반격은 커녕 서 있기조차 힘든 상태였다.

　용비의 휘둘러오는 공격은 무상검탄강이었다.

　봉선으로서는 생애 마지막으로 보는 천지 조화검의 무상검탄강이었다.

　그리고 그는 자신이 천상성계의 절학에 의해 죽임을 당할 것이라고는 상상조차 해본 적이 없었다.

第七十七章

납치(拉致)

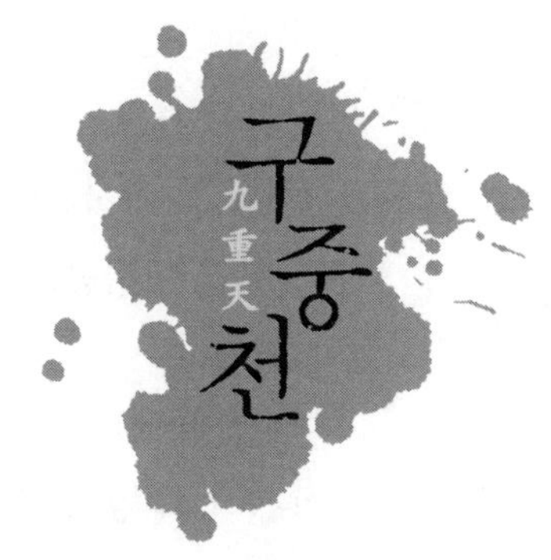

기우우—

그때 겨울의 메마른 하늘을 가르면서 청아하면서도 기이한 음향이 들려왔다.

그러자 먼저 용비의 얼굴에 흠칫 가벼운 놀라움이 일렁였다. 그에게 그 음향은 몹시 귀에 익은 것이었다.

바로 무상검탄강이 먼 곳에서 발출되었을 때의 음향이었던 것이다.

거의 같은 순간 봉선은 그 음향을 듣자마자 한 사람의 모습을 떠올렸다.

화무린이었다.

그녀는 그것이 화무린이 발출한 무상검탄강의 제대로 된 음향이라는 사실을 믿어 의심하지 않았다.

순간 급히 허공의 한쪽 방향을 쳐다보는 용비의 눈이 흠칫 부릅떠졌다.

"무상검탄강!"

자신이 떠 있는 허공보다 더 높고 먼 곳에서 쏘아오는 하나의 금빛 섬광 줄기를 발견한 것이다.

그것은 용비의 것처럼 핏빛이 아닌 눈부신 금광이었다.

그리고 그는 본능적으로 그것이 자신의 무상검탄강보다 강하다는 사실을 직감했다.

자신과 천상성계 성제 일족 외에 천지 조화검을 전개하는 사람이 있다는 사실을 놀라워할 여유조차도 없었다.

용비가 금빛의 무상검탄강을 발견한 순간 그것은 삼 장까지 쇄도하고 있었다.

그가 봉선에게 발출하려던 무상검탄강의 방향을 급급히 틀었을 때는 금빛의 무상검탄강이 일 장까지 들이닥치고 있었다.

그리고 결정적인 실수가 하나 있었다. 다 죽어가는 봉선의 숨통을 끊는 것이라고만 여겨 전개한 무상검탄강이라서 공력의 절반만 주입했다는 사실이다.

쩌엉!

"흐악!"

찬란한 금빛과 핏빛이 부딪치면서 태산을 쪼개는 듯한 굉음과 함께 처절한 비명성이 그 속에 파묻혔다.

봉선은 자신의 눈앞에서 용비가 땅을 향해 쏜살같이 내리꽂히는 광경을 발견했다.

퍼억!

용비는 등을 아래로 한 자세로 땅에 무지막지하게 부딪쳤다가 허공으로 튕겨져 올랐다.

아니, 그것은 자연적으로 튕겨진 것이 아니라 자신이 등에서 공력을 뿜어내 땅에 부딪치는 순간 허공으로 튕겨져 오른 것이었다.

그는 비스듬히 땅에 부딪친 후에 다시 비스듬히 튕겨져 오르면서 눈 깜짝할 사이에 무려 십여 장이나 멀어지고 있었다.

그것은 순전히 의도적이었다. 자신보다 강한 자가 나타났다는 직감 때문에 보이지 않는 적으로부터 한 치라도 멀어지기 위해서였다.

그렇게 멀어지면서 그는 발견했다.

허공 높은 곳에서 한 마리 천붕(天鵬)처럼 빠르고도 멋지게 하강하고 있는 한 사람을.

그는 바로 화무린이었다.

'저놈!'

용비는 화무린을 발견하는 순간 크게 놀라면서도 머리가

혼란스러워졌다.

그는 화무린을 두 번 마주친 적이 있었다. 구중천으로 들어가던 날 비행교 안에서, 그리고 구중천에서 나오던 날 역시 비행교 안에서 봤었다. 두 번 다 좁은 비행교 안에서였으며 말 한마디 나누지 않았었다. 단지 그것뿐이었다.

두 번째 만났을 때에는 화무린을 그저 구중천에 들어왔다가 운 좋게 살아서 나가는 수많은 천중인계의 벌레 같은 놈들 중에 한 명이라고만 여겼었다.

그 생각은 지금도 바뀌지 않았다. 용비는 설마 방금 전에 금빛의 무상검탄강을 발출한 사람이 화무린일 것이라고는 추호도 생각하지 않았다.

눈으로 보고서도 믿을 수가 없었다. 인간의 아집이란 그래서 무서운 것이다.

"은오검객!"

용비보다 조금 늦게 화무린을 발견한 봉선이 기쁨의 탄성을 터뜨렸다.

그녀는 화무린이 듣지 않는 곳에서는 천상성계의 예도에 따라 그를 '대공' 이라 부르고, 그가 있는 곳에서는 '화 공자' 라는 호칭을 사용했지만, 지금은 '은오검객' 이라고 있는 힘껏 불렀다.

물론 일부러 그런 것이다. 방금 전까지만 해도 한껏 뻐기고 으스대던 용비가 똑똑히 들으라는 뜻이었다.

그리고 그녀의 의도는 기대 이상으로 적중했다.

용비는 화무린을 발견하고 그가 '은오검객' 이라는 사실을 알게 된 순간 뒤도 돌아보지 않고 사라져 버렸다. 그것은 손톱만큼도 예상하지 못했던 일이다.

그렇게 큰소리 뻥뻥 치더니… 봉선은 너무 어이가 없어서 웃음도 나오지 않았다.

척!

"그자는 누구요?"

화무린이 봉선 앞에 내려서며 물었다.

"용비라고 하더군요. 아……."

봉선이 대답하다가 크게 휘청거리면서 쓰러지려는 것을 화무린이 팔을 뻗어 허리를 안았다.

"용비라고?"

화무린이 봉선의 허리를 안은 채 가볍게 얼굴을 굳히며 중얼거리자 봉선은 그의 어깨에 뺨을 기대며 가쁜 숨을 몰아쉬었다.

"그자가 이번 습격의 우두머리예요. 소군을 납치한 자이기도 하고……."

"군아는 어디에 있소?"

"저쪽으로 갔어요."

봉선이 한쪽 방향을 가리키자 화무린은 초조한 표정으로 그쪽과 봉선을 번갈아 쳐다보았다.

봉선은 그가 자신을 걱정하는 것을 깨닫고 가슴이 푸근해지는 것을 느꼈다.

"곧 은겸님과 창천, 호천고수들이 당도할 테니 걱정하지 말고 소군을 구하……."

"크윽!"

그녀가 말하는 중에 한쪽 방향에서 답답한 신음 소리가 들려왔다.

두 사람이 쳐다보자 세 명의 월사에게 둘러싸인 호천제가 가슴을 움켜쥐면서 쓰러지고 있었다.

"호천제님을 도와줘요!"

그녀의 말이 끝나기도 전에 화무린은 이미 호천제를 향해 쏘아가고 있었다.

다섯 명의 월사에게 합공을 당한 호천제는 두 명을 죽인 상태에서 고군분투하다가 끝내 자신도 오른쪽 가슴에 일검을 찔려 쓰러지고 만 것이다.

원래 호천제는 월사 세 명 반의 합공을 당해낼 정도의 실력이었다.

거기에 반 명 정도의 위력만 더 보태져도 위험천만인데, 한 명 반이 더해졌으니 두 명을 죽이고 지금껏 버틴 것은 그가 자신의 실력을 한 배 반 이상 발휘한 것이다.

쓰러진 호천제는 중상을 입긴 했지만 아직 죽지 않은 채 꿈틀거렸다.

세 명의 월사는 호천제에게 막 손을 쓰려다가 자신들을 향해 곧장 쏘아오는 화무린의 막강한 기세에 움찔 놀라 자신도 모르게 멈칫했다.

그리고 화무린의 두 눈에서 쏟아지는 무시무시한 안광을 발견했다.

그것은 살광(殺光)이었다.

세 명의 월사는 사람의 눈에서 그처럼 지독한 살광이 뿜어질 수도 있다는 사실을 생애의 마지막 순간에서야 깨달을 수 있었다.

그들은 화무린이 강적이라고 직감하고 전신 공력을 끌어올려 맞상대할 준비를 갖추었다.

쐐애액!

쏘아가던 화무린이 은오검을 뽑는가 싶더니 검첨에서 두 줄기 번갯불이 작렬하듯이 뿜어졌다.

지상에서 가장 빠른 검강.

파천혈인검이었다.

화무린은 오른손의 은오검으로는 두 줄기 검기를, 왼손으로는 삼절제룡수를 전개했다.

퍼퍽!

우지직!

사실 세 명의 월사는 화무린을 맞이하여 굳이 만반의 준비를 할 필요가 없었다.

두 명은 검강에 미간과 뒤통수가 관통되었고, 한 명은 목뼈가 부러져서 즉사했다.

화무린은 세 명의 월사를 죽인 후 땅에 발을 딛지도 않은 채 탄영비활을 전개하여 방금 전에 봉선이 가리킨 방향으로 빛처럼 쏘아갔다.

뒤에서 봉선의 걱정스러운 외침이 들려왔다

"조심하세요! 그자는 천지 조화검을 배웠어요!"

"가라! 어서 가! 그 계집애를 솜털 한 올 다치지 않게 본 련에 데려다 놓지 못한다면 네놈들은 죽어서도 묻힐 곳이 없을 것이다!"

담홍예는 소군을 도검쌍살에게 맡겨 천외무적군 무리와는 다른 방향으로 가라고 명령한 후에도 엄포를 놓는 것을 잊지 않았다.

"목숨을 걸고 명을 받들겠습니다!"

도검쌍살은 공손히 허리를 굽히고 나서 복잡한 표정으로 담홍예를 보다가 그중 도살이 코를 씰룩이며 더듬거렸다.

"소련주님, 부디 옥체 보중… 하십시오. 소련주님께 무슨 일이 생기면 속하들은……."

자신들이 문책을 당할 것을 두려워하는 것이 아니라 진심으로 담홍예를 염려하는 것이었다.

"아가리 닥치고 빨리 못 가?"

담홍예의 불호령에 도검쌍살은 앗! 뜨거워라 놀라서 그녀
가 가리킨 방향으로 쏜살같이 쏘아갔다.

"병신 같은 놈들! 옥체 보중은 무슨 말라비틀어진……."

그녀는 한차례 투덜거리고 나서 방금 전에 용비 일행이 사
라진 방향을 잠깐 동안 쳐다보다가 왔던 방향을 향해 몸을 돌
렸다.

용비하고의 거래는 끝났다. 이제는 소군을 빼돌릴 시간을
벌기 위해서라도 더 이상 도주하지 말고 제 발로 화무린을 찾
아가야 했다.

화무린을 만나 소군이라는 질자(質子:볼모)를 들먹이며 협
박을 할 생각이었다.

그녀는 자신이 얼마나 단순하고 무지한지를 여전히 깨닫
지 못하고 있었다.

그때 방금 전에 무리가 사라졌던 방향에서 용비가 나는 듯
이 되돌아오고 있었다.

그러나 담홍예는 용비를 등지고 있는 상태에서 막 걸음을
옮기기 시작했기 때문에 그가 쏘아오는 것을 조금도 느끼지
못했다.

"소련주, 어딜 가는 것이오? 이러고 있다가는 놈에게 발각
되고 말 것이오!"

"앗!"

등 뒤에서 갑자기 용비의 목소리가 들려오자 담홍예는 화

들짝 놀랐다.

"무슨 소리야? 발각이라니, 나는 지금 내 발로 무린에게 가려는 거야!"

"무엇 때문이오?"

담홍예의 뜻밖의 말에 용비는 이해할 수 없다는 표정을 지었다. 하긴, 그녀의 조부인 마련 총련주는 그녀의 불가해한 정신 세계를 가리켜서 '철옹성(鐵甕城)'이라고 부를 정도였다.

그런 그녀의 예측불허의 돌출 행동을 어찌 용비가 이해할 수 있겠는가.

"무엇 때문이라니? 그걸 말이라고 하느냐? 은오검객은 내 낭군이야! 아내가 낭군을 만나려는 데에도 무슨 이유가 필요한 것인가?"

그렇게 차갑게 내뱉고 돌아서는 담홍예는 용비의 얼굴이 싸늘하게 변하는 것을 발견하지 못했다.

파파팍!

"앗!"

순간 용비의 손이 번뜩이는가 싶더니 담홍예는 순식간에 마혈과 아혈이 제압되어 온몸이 뻣뻣하게 굳어지는 것은 물론 신음 소리조차 흘려내지 못하는 상태가 돼버렸다.

용비는 담홍예를 어깨에 걸쳐 메고 왔던 방향으로 번쩍 신형을 날렸다.

“불편하더라도 잠시만 참으시오.”

담홍예는 목에서 피가 토해질 정도로 악을 썼지만 단 한 마디도 소리가 되어 흘러나오지 않았다.

그녀의 눈에서는 분함을 참지 못하고 눈물이 흘러내렸다.

그리고 화무린과의 격돌에서 심한 내상을 입은 용비의 입에서는 피가 줄줄 흘러내리고 있었다.

화무린은 봉선과 헤어져 용비 일행을 추격한 지 이각 만에 그들을 찾아냈다.

그곳은 꽁꽁 얼어 있는 아담한 크기의 소와 폭포 옆이었다.

그들은 얼어붙은 소를 건너려다가 폭포 꼭대기에 우뚝 서 있는 화무린을 발견하고 일제히 멈췄다.

화무린이 그들을 발견한 것은 심첩촌에서 산행을 하며 수련한 덕분에 산에 대해 그것도 겨울 산에 익숙해져 있었기 때문이다.

보통 사람들이라면 그냥 스쳐 지날 수도 있음직한 그런 흔적을 화무린은 결코 놓치지 않았다. 아니, 놓치지 않았다기보다는 그냥 눈에 띄었다.

한 무리의 양 떼가 휩쓸고 지나간 듯한 흔적, 그중에서도 다친 데다 담홍예까지 어깨에 메고 있는 용비가 남긴 특이한 흔적은 화무린의 눈에 즉시 띄었다.

화무린을 발견한 용비는 크게 놀랐지만 그가 혼자라는 사실을 확인하고는 즉시 수하들에게 폭포 아래 담 주변에 흩어져서 멈추도록 눈짓으로 명령했다.

흩어져 있다고는 하지만 조금만 더 주의 깊게 살펴보면 용비를 비롯한 십구 명이 일정한 방위를 점한 상태로 서 있는 것을 알 수 있었다. 진식은 아니지만 다친 용비를 호위하기 위한 형세였다.

화무린은 재빨리 폭포 아래의 십구 명을 훑어보았다. 그러나 소군이 보이지 않았다.

용비가 여자 한 명을 메고 있었지만 복장으로나 체형으로나 소군이 아니었다.

화무린의 안색이 돌처럼 굳어졌다.

슉!

순간 폭포 위에 서 있는 화무린은 얼어 있는 담 한가운데로 뚝 떨어져 내렸다.

그곳은 십구 명의 한복판이기도 했다.

그는 칠팔 장 높이의 폭포에서 쏘아 내리는 기세를 빌어 곧장 용비를 향해 덮쳐 갔다.

'저놈은?

그러다가 그는 경직된 표정을 짓고 있는 용비의 얼굴을 발견하고 가볍게 움찔했다.

사 년여 전 구중천에 들어가던 날, 그리고 팔 개월 전에 구중천에서 나오던 날 비행교에 함께 타고 있었던 바로 그 홍의청년이었다.

구중천에 처음 들어가던 날, 팔대지옥의 관문에서 용비는 금비라 은겸을 공격하는 과감한 행동을 보여주어 모두를 놀라게 하기도 했었다.

화무린은 이각 전에 용비가 도주할 때 얼굴은 보지 못했지만 그가 입은 옷차림은 기억하고 있었다.

그때 봉선은 그가 용비이며 소군을 납치한 주동자라고 말했었다.

'저놈이 용비!'

화무린의 짙은 눈썹이 꿈틀 꺾였다.

뭐라고 설명하기 어려운 묘한 감정이 폐부 깊은 곳에서 꿈틀거렸다.

그러나 그것은 무슨 일이 있어도 죽여 버리겠다는 극도의 살심으로 귀결됐다.

백 가지, 천 가지를 다 용서하더라도 소군을 납치했다는 사실만은 용서할 수가 없었다.

화무린은 곤두박질치듯이 내리꽂히는 중에 전신의 공력을 끌어올려 오른팔에 모으고 어깨의 은오검을 잡았다.

가슴속에는 살심이 가득했고, 온몸에는 끌어올린 공력이 폭발할 듯이 넘쳤다.

용비는 화무린이 십구 명이나 되는 적진 한복판으로 공격해 올 줄은 전혀 예상하지 못하고 있다가 움찔하면서 어이없는 표정을 지었다.

'미친놈!'

용비는 은오검객의 눈부신 활약상에 대해서는 귀가 따가울 정도로 들어왔다.

하지만 지금 그가 보여주고 있는 행동은 무모하기 짝이 없는 것이었다.

용비 자신이라고 해도 한꺼번에 일곱 명 이상의 월사들을 상대하지 못한다. 설혹 무쌍신이라고 하더라도 열 명 이상은 무리다.

그런데 지금 이곳에는 십팔 명의 월사뿐만 아니라 용비 자신까지 있다.

용비가 비록 내상을 입었다고는 하지만 월사 네 명이 합공하는 정도의 위력을 발휘할 수는 있었다.

그러니 용비가 화무린을 미친놈이라 하는 것은 당연했다.

하지만 그것은 어디까지나 용비의 견해다.

그는 은오검객의 명성이 무모함에서 비롯됐다는 사실을 모르고 있었다.

지금 화무린이 전개하고 있는 경공은 천황오무의 하나인 탄영비활이다. 아마도 당금 무림에 현존하는 경공 중에서 가장 빠를 것이다.

우선 그 놀라운 빠르기가 용비와 십팔월사들의 예상을 여지없이 깨뜨렸다.

그리고 용비는 화무린이 당연히 천지 조화검의 무상검탄
강을 발출할 것이라 예견했다.

화무린의 무상검탄강은 반 시진 전에 한 번 부딪쳐 보고 낭
패를 당한 그였다.

그런데 그것이 또 예상을 빗나갔다.

원래 싸움에서 승리하는 제일요건은 상대가 예상하지 못
하는 공격을 가하는 것이다.

반대로 패하게 되는 원인은 상대의 행동을 예상하지 못하
거나 잘못 판단했기 때문이다.

지금의 용비와 십팔월사는 후자에 속했다.

번쩍!

화무린의 어깨에서 은오검이 발검되며 극히 짧은 찰나지
간에 은빛 섬광이 작렬했다.

아득한 천공에서 지상으로 내려꽂히는 한줄기 섬광, 단지
그것뿐이었다.

'뭐야, 저건?'

절대 무상검탄강이 아니었다. 그러나 한 가지 분명한 것은
용비로서는 생전 처음 보는 검법으로 지독하게 쾌속하다는
사실이었다.

바로 파천혈인검이다.

지금 화무린이 전개하고 있는 파천혈인검은 심첩촌에서

기연을 얻기 전에 전개했던 것보다 두 배 이상 빠르고 위력적이다.

'지독하게 빠른 검기다.'

용비는 자신의 눈을 믿을 수가 없었다. 천하에 저토록 쾌속한 검기가 있다는 사실도 믿기 힘들었다.

십팔월사들은 화무린이 공격해 올 것에 대비를 했으면서도 그의 상상을 초월하는 경공과 검법의 조화에 용비에게서 가장 가까이에 있던 네 명의 월사들조차도 어떻게 손을 써볼 겨를이 없었다.

그들 네 명의 발끝이 힘껏 얼음 바닥을 박찼을 때 파천혈인검의 검기는 이미 용비의 일 장 지척까지 쇄도하여 머리에 적중되기 직전이었다.

가공할 빠르기였다.

'검기라면!'

그러나 용비는 자신을 향해 쏘아오는 섬광을 주시하면서 약간 안도하는 표정을 지었다.

검기는 가볍기 때문에 검강보다 빠르지만 검강만큼 위력적이지는 않다.

그러므로 호신강기 정도로 능히 튕겨낼 수 있을 것이라 계산한 것이다.

후우.

그가 즉시 공력을 끌어올리자마자 순식간에 몸 주위에 무형의 호신강기가 쳐졌다.

퍽!

다음 순간 호신강기의 상단에서 작은 북을 때리는 듯한 둔탁한 음향이 터졌고, 그와 동시에 용비는 오른쪽 어깨가 뜨끔한 것을 느꼈다.

하지만 그는 설마 방금 그 소리가 호신강기가 뚫리는 소리이며, 어깨가 뜨끔했던 것이 검기에 적중됐기 때문이라고는 추호도 생각하지 않았다. 그 정도로 자신이 펼친 호신강기를 굳게 믿고 있었다.

그런데 그가 공력을 거두지도 않았는데 갑자기 호신강기가 퍽! 하고 산산이 깨져서 흩어지고 있는 것이 보였다. 그 광경은 마치 환상 같았다.

더구나 방금 뜨끔했던 어깨가 갑자기 서늘해지면서 그곳을 통해 온몸의 기운이 물 흐르듯이 빠져나가는 것을 느끼면서 용비는 가슴이 철렁 내려앉았다.

'검강이었단 말인가?'

그의 호신강기는 강력한 검강에만 깨진다.

그제야 용비는 방금 그것이 검기가 아니라 검강이었다는 사실을 깨달았다.

더불어서 천하에 그토록 빠른 검강이 존재하고 있다는 사실도 알게 되었다.

원래 검기는 빠름[快], 검강은 강함[强]이라는 장점을 지니고 있지만, 각각 가볍고 무겁다는 단점도 지니고 있다.

그것은 같은 조건에서 펼쳐질 경우, 무거운 검강이 가벼운 검기보다 빠를 수 없다는 뜻이기도 하다.

검강이 검기보다 빠를 수 없다는 것이 무림의 상식이지만, 상식은 깨지기 위해서 존재하는 것이다.

쉬아악!

그러나 용비는 놀라고 있을 겨를이 없었다.

어느새 머리 위 일 장까지 쇄도해 온 화무린이 이번에는 검기도 검강도 아닌 진검으로 용비의 머리를 쪼개오고 있었던 것이다.

호신강기가 깨진 것과 거의 동시에 벌어진 일이다.

용비는 얼굴 가득 어이없다는 표정을 떠올렸다.

그가 알고 있기로는 진검은 검기에 비해서 턱없이 약하다.

그런데 화무린은 검 중에서 가장 강력한 검강에 이어서 가장 약한 진검으로 공격을 전환한 것이다.

당금 무림에서 가장 혁혁한 명성을 날리고 있는 은오검객에 의해서 용비가 지니고 있는 모든 상식들이 여지없이 박살나고 있는 순간이었다.

용비는 사내 중에서도 진정한 사내다.

그 자신도, 그를 알고 있는 많은 사람들도 그 사실을 인정하고 있었다.

싸움에 임한 그가 약세를 보이거나 도망친다는 것은 생각할 수도 없는 일이며, 그 자신도 그렇게 믿고 있었다.

그러나 그는 이미 화무린에게 한 번 등을 보인 적이 있었다.

바로 그때부터 용비와 화무린의 천적 관계가 시작된 것이다.

제아무리 굳건한 철옹성이라고 해도, 한 번 무너지기 시작하면 걷잡을 수 없는 법이다.

물론 천적의 우위를 점하고 있는 것은 화무린이었다.

용비는 본능적으로 오른손을 뻗어 어깨의 검을 잡았다.

"……."

그러나 검이 뽑히지 않았다. 아니, 검을 뽑을 힘이 없는 것이다.

방금 전에 적중당한 검강은 그의 오른쪽 쇄골을 뚫고 들어가 오른쪽 옆구리로 빠져나갔다.

깨끗하지만 치명적인 관통이었다. 뼈와 근육을 다쳤기 때문에 공력하고는 무관했다.

즉, 공력이 있더라도 오른팔과 어깨를 움직일 수 없기 때문에 오른팔을 통해서는 사용할 수 없다는 뜻이다.

용비는 다급했다. 대부분의 사람들이 그렇지만, 특히 그는 죽음이라는 것은 단 한 번도, 그리고 한순간도 생각해 본 적이 없었다.

그 죽음이 지금 이 순간 느닷없이, 성큼 그의 머리 위까지 도달해 있었다.

그 순간 퍼뜩 그의 머리를 스치는 것이 있었다.

그는 오른손으로 검을 뽑지 못하는 대신 왼손으로 어깨에 메고 있던 담홍예의 몸을 뒤집었다. 화무린이 그녀의 얼굴을 발견하면 공격을 거둘 것이라고 여긴 것이다.

담홍예는 용비 앞에서 입버릇처럼 은오검객을 낭군님이라고 불렀다.

그들이 어떤 연유로 만났으며 전말이 어찌 됐든 그 정도라면 이런 급박한 순간에 담홍예가 훌륭한 방패막이가 되어주지 않겠는가라는 것이 용비의 추측이었다.

용비는 담홍예를 보는 순간 첫눈에 반해 버렸다. 그래서 손해를 보면서도 그녀와 거래를 했던 것이었고, 백학서원에서 탈출할 때 많은 수하들을 잃으면서도 끝까지 그녀를 보호했던 것이다.

그러나 할 수만 있으면 그녀를 내 여자로, 좋은 인연으로 만들고 싶다는 것이지, 용비 자신의 목숨을 잃어가면서까지 그러고 싶은 생각은 없었다.

용비의 판단은 언제나 정확했다. 그 판단 덕분에 혈도신의 제자가 될 수 있었으며, 천녀황의 전폭적인 신임을 받을 수도 있었다.

하지만 그 판단이 이번만큼은 그를 배신했다.

용비는 두 눈으로 똑똑히 보았다.

담홍예를 발견한 화무린의 두 눈에서 더욱 무서운 살기가 폭사되는 것을.

그 살기로 미루어 화무린은 담홍예를 미워하고 있는 것이 분명했다.

'이 여자는 도대체…….'

용비는 머릿속이 새하얗게 탈색되는 것을 느끼면서도 본능을 잃지 않았다.

그는 담홍예를 화무린을 향해 힘껏 집어 던지는 것과 동시에 옆으로 몸을 날려 얼음 바닥 위를 굴렀다.

그의 임기응변은 치졸한 방법이었지만 지금과 같은 위기의 순간에는 탁월한 선택이었다.

하지만 그런 동작을 취하면서도 그는 화무린의 검이 순간적으로 방향을 틀어 끝까지 자신을 베어올지도 모른다는 우려와 계산을 잊지 않았다.

그래서 얼음 바닥 위에 세 바퀴를 구를 것을 네 바퀴나 재빨리 굴렀다.

쩍!

그렇지만 그가 마지막 바퀴를 구른 직후에 서늘한 느낌이 등을 베었다.

순간적인 느낌은 그저 서늘하다는 것뿐 다른 느낌은 없었다.

그는 상황을 판단하기 위해서 얼음 바닥에 뺨을 대고 그대로 누워 있었다.

자신이 죽은 것인지 아직 살아 있는 것인지 갈피를 잡을 수가 없었다.

얼음 바닥에 댄 뺨에 냉기가 느껴졌다.

아직 살아 있는 것이 분명했다.

만약 세 바퀴를 굴렀었다면 지금쯤 자신의 몸이 세로로 쪼개져 있을 것이라는 사실을 확인했다.

이번에도 본능은 그를 구차하게 살려주었다.

콰차차차창!

다급히 고개를 들고 쳐다보니 그제야 십팔월사들이 화무린을 포위한 상태에서 집중 공격을 퍼붓고 있는 광경이 보였다.

설명은 길었지만 화무린이 폭포 위에서 뛰어내리면서 용비에게 두 차례 공격을 퍼부은 것은 눈 한 번 깜빡일 만큼 순식간에 벌어진 일이었다.

용비는 비틀거리면서 일어섰다. 뒷머리 아래 등이 일 푼 두께로 저며져서 옷과 살이 얇은 판자처럼 베어져 나갔지만 아픔을 느끼지는 못했다.

생전 처음 맛보는 이 설명할 수 없는 공포심 앞에서 육신의 아픔 따위는 아무것도 아니었다. 수치심도 느끼지 못하는 판국에 아픔이 대수겠는가.

화무린과 십팔월사들의 싸움은 보기도 싫었고 굳이 볼 필요도 없었다.

그가 두 차례 경험해 본 은오검객 화무린은 인간의 상식으로는 도저히 이해할 수 없는 놈이었다.

분명히 '이 정도일 것이다' 라고 예측하고 나면 번번이 그 이상이었으며, '이번에는 못할 것이다' 라고 예상하면 거침없이 해내는 놈이었다.

그런 불가사의한 놈을, 그것도 지금처럼 중상을 입은 상태에서 상대한다는 것은 섶을 지고 불 속으로 뛰어드는 것보다 더 우매한 짓이었다.

용비는 사력을 다해서 신형을 날렸다. 방향은 싸움이 벌어지고 있는 곳의 반대쪽으로 잡았다.

'되도록 멀리 가야 한다!'

머릿속에는 그 생각밖에 없었다. 담홍예도, 수하들의 생사도 알 바 아니었다.

내가 살아야 계집도, 수하도, 부귀영화도 있는 것이다.

그는 자신이 생각하기에도 비겁하고 처참할 정도로 기를 쓰면서 달리고 또 달렸다.

어느 순간부터 그는 굵은 눈물을 뚝뚝 흘리고 있었다.

태어나서 생전 처음 흘리는 눈물이었다.

그날은 용비 최초의 치욕의 날이었다.

第七十八章

봉선(鳳扇)

백학서원을 급습했던 자들은 네 명만을 남겨둔 채 깡그리 죽었다.

죽지 않은 자들은 우두머리이면서도 혼자 달아난 용비와 담홍예, 그리고 그녀의 심복인 도검쌍살뿐이었다.

하지만 백학서원의 습격이 워낙 창졸간에 벌어졌고, 도검쌍살의 행색이 눈에 띄는 모습이 아니라서 그들의 용모를 기억하고 있는 사람이 한 명도 없었다.

그래서 사람들은 습격자 백여 명 중에 달아난 용비와 붙잡힌 담홍예 단 두 명만이 생존했다고 믿을 수밖에 없었다.

화무린은 반경 백여 리 이내의 온 산을 샅샅이 뒤졌고, 뒤

늦게 당도한 은겸과 호천사령, 구중천 고수들, 윤학과 네 명
의 당주, 천비군 수백 명과 합세하여 이 잡듯이 찾아 헤맸지
만 용비는 끝내 발견되지 않았다.

"차라리 나를 죽여라!"
담홍예는 반 시진 전에 그렇게 뾰족하게 외친 이후로는 입
술을 꼭 깨문 채 두 번 다시 입을 열지 않았다.
그녀는 화무린이 용비를 공격할 때 그들 두 사람이 어떻게
했는지 똑똑히 보았다.
한 명은 살기 위해서 담홍예를 방패막이로 삼았으며, 또 한
명은 그녀의 생사 따윈 아랑곳하지 않은 채 오히려 공격의 강
도를 높였다.
목숨을 건지려고 치졸한 짓도 서슴지 않은 용비도 미웠지
만, 낭군이라고 철썩같이 믿고 있던 화무린의 행동은 그녀에
게 엄청난 배신의 충격을 안겨주었다.
그런 데다가 화무린은 아직껏 담홍예의 제압된 혈도를 풀
어주지도 않은 상태였다. 다만 대답을 듣기 위해서 아혈만을
풀어주었을 뿐이다.
단순하면서도 세상 경험이 없고, 자신이 얻고자 하는 것이
라면 물불을 가리지 않으며, 자신의 행위는 돌아보지 않고 상
대방만 원망하는 막무가내의 성격인 담홍예로서는 절대 화무
린을 용서할 수 없었다.

　문득 화무린은 나무에 기대어 앉아 있는 담홍예 앞에 한쪽 무릎을 꿇고 앉더니 느닷없이 그녀의 품속을 더듬기 시작했다. 터질 듯 풍만한 젖가슴이 두 손 가득 만져졌지만 아랑곳하지 않았다.

　담홍예 역시 그의 손이 자신의 젖가슴에 함부로 닿는 데에도 아무렇지 않은 표정이었다.

　예전에 화무린은 담홍예를 치료하느라 몸을 발가벗긴 채 온몸을 주물렀었고, 담홍예는 그것에 대한 복수를 한답시고 화무린을 제압한 상태에서 그의 음경을 주물러서 발기시켰던 일까지 있었다.

　그때의 일을 생생하게 기억하고 있는 담홍예는 아마 화무린이 자신에게 그보다 더한 짓을 한다고 해도 아무렇지 않을 터이다.

　설혹 화무린이 이 자리에서 자신의 몸을 요구한다고 해도 그녀는 추호도 반항하지 않을 생각이었다.

　아니, 기꺼이 웃으면서 자신의 순결을 바칠 것이다.

　이유는 간단했다. 화무린을 자신의 유일한 낭군이라고 여기기 때문이다.

　그러나 화무린이 담홍예의 품속을 뒤지면서도 조금도 거리끼지 않는 이유는 그녀를 눈곱만큼도 여자로 생각하지 않기 때문이다.

　그렇게 두 사람은 서로 다른 의미로 만지고 만져지는 것을 개의치 않았다.

그러나 만약 다른 남자가 담홍예의 손끝이라도 스치는 일이 벌어진다면, 필경 그녀는 천하 끝까지라도 쫓아가서 그자를 기어코 죽이고야 말 것이다.

슥—

이윽고 화무린은 담홍예의 품속에서 한 자루 단도를 꺼낸 후 몸을 일으켰다.

그것은 담홍예가 정표랍시고 화무린의 품속에서 제멋대로 가져갔던 벽월도였다.

'벽월도!'

멀리 떨어지지 않은 곳에서 봉선이 막 운공을 끝내고 다시 운공을 시작하려다가 벽월도를 발견하고는 적잖이 놀라는 표정을 지었다.

화무린은 벽월도를 품속에 갈무리한 후 담홍예 앞에 우뚝 서서 그녀를 굽어보며 차갑게 중얼거렸다.

"이것이 마지막 기회다. 그녀는 어디에 있느냐? 대답하지 않으면 후회하게 될 것이다."

담홍예는 한차례 힐끗 화무린을 쳐다보았다. 눈동자가 거의 없이 눈을 하얗게 치뜬 모습이었다.

그 눈 흘김은 어디 네 맘대로 해봐라! 라는 뜻을 강하게 품고 있었다.

담홍예 같은 부류의 여자는 윽박지르기보다는 살살 구슬

려야 원하는 것을 얻어낼 수 있다.

그러나 여자에 대해서는 백치나 다름이 없는 화무린이 그것을 알 턱이 없었다. 아니, 설혹 안다고 해도 그녀를 구슬리고 싶은 마음이 들지 않을 것이다.

스릉!

담홍예가 대답이 없자 화무린은 우뚝 선 채 천천히 은오검을 뽑았다.

담홍예는 그것을 빤히 응시하면서도 눈썹 하나 까딱하지 않았다.

"화 공자, 어쩔 생각인가요?"

그때 지켜보고 있던 봉선이 화무린에게 물었다.

화무린은 무표정한 얼굴로 담홍예의 얼굴에서 시선을 떼지 않은 채 중얼거렸다.

"이 계집의 팔과 다리를 하나씩 자르겠소. 사지를 잃고서도 군아의 행방을 토해내지 않는다면 목을 자른 후 내가 직접 군아를 찾아내겠소."

지독하기 짝이 없는 말이다. 그리고 장내에 있는 사람들은 화무린이 충분히 그렇게 하고도 남을 사람이라는 사실을 잘 알고 있었다.

화무린의 말에 담홍예의 동공이 가볍게 흔들렸다. 하지만 그것은 두려움이나 공포 같은 것이 아니라 마음의 아픔 때문이었다.

슥—

화무린은 은오검을 들어 담홍예의 왼쪽 어깨 위에 가볍게 얹어놓았다.

그 상태에서 슬쩍 힘을 주어 아래로 긋기만 하면 간단하게 팔이 잘라지고 말 것이다.

담홍예는 눈도 깜빡이지 않았고, 입술을 꼭 깨문 채 화무린을 쏘아보았다.

화무린은 그녀의 그런 눈빛을 접하고 독종이라고 생각했지만, 봉선의 안목은 달랐다.

"기다려요."

화무린이 막 손에 힘을 주어 담홍예의 팔을 자르려는 순간 봉선이 팔을 뻗으며 만류했다.

화무린이 쳐다보자 그녀는 힘겹게 몸을 일으킨 후 이쪽으로 걸어오며 그에게 미소를 지어 보였다.

"그녀를 잠시만 내게 맡겨보겠어요?"

그가 슬쩍 눈살을 찌푸리자 봉선은 잔잔한 미소를 지으며 전음을 보냈다.

"여자 마음은 여자가 잘 알아요."

화무린은 그녀의 말이 무슨 뜻인지 잘 이해하지는 못했지만 담홍예의 사지를 자르고 죽이는 것보다는 소군이 어디에 있는지 알아내는 것이 급선무였으므로 일단 그녀에게 맡겨보기로 했다.

봉선은 용비에게 당하여 엄중한 내상을 입은 상태에서 몇 차례의 운공을 했지만, 더 나빠지지 않을 정도로만 다독여 놓았을 뿐 치료를 하지는 못한 상태였다.

그녀는 의술에 대해서는 약간의 조예가 있으나 말 그대로 약간일 뿐, 지금처럼 혈맥과 심맥, 내장이 끊어지고 뒤틀린 상황에서는 속수무책이었다.

임시방편으로 꾸준히 운공을 하여 내상을 다독이며 달래 주는 것이 지금으로써는 유일한 방법인데, 막 운공에서 깨어났다가 화무린이 담홍예를 닦달하는 것을 우연히 보게 되어 참견을 하게 된 것이다.

봉선은 사실 걷거나 앉아 있기는커녕 말을 하기도 힘에 겨운 몸 상태였다.

그런데도 그녀는 소군을 찾기 위해서, 아니, 화무린이 크게 상심하게 될까 봐 자신의 몸을 돌보지 않고 지나친 무리를 하고 있었다.

그녀는 담홍예 맞은편에 다소곳이 앉아서 찬찬히 그녀를 살펴보았다.

담홍예는 봉선을 보고도 적의를 감추려 하지 않았다. 눈을 부릅뜨고 이를 드러내면서 당장이라도 죽이고 싶은 듯한 표정을 지으며 내뱉었다.

"내게 무슨 수작을 부리려는 것인지 모르겠지만 허튼짓하지 말고 꺼져라."

그렇지만 봉선은 오히려 특유의 온화한 미소를 지으며 입을 열었다.

"낭자는 지금껏 살아오면서 부모나 집안의 어른 외에는 아무에게도 존댓말을 사용하거나 공손한 예절을 갖춘 적이 없겠지요?"

담홍예의 얼굴에 가볍게 놀라는 표정이 떠올랐다가 착각처럼 사라졌다.

하지만 봉선은 그것을 놓치지 않았다.

"닥쳐! 네가 보기나 했어?"

"보지 않았어도 알 수 있어요."

"닥치라고 했어!"

그런 위협에 물러설 것 같았으면 애초에 나서지도 않았을 봉선이다.

"그리고 낭자는 거짓말을 하지 않는 솔직한 성격이에요. 거짓말을 할 수밖에 없는 상황에서는 아예 입을 다물고 아무 말도 하지 않겠지요?"

"……."

이번에는 담홍예도 찔끔하는 표정을 지었다. 봉선은 정말 족집게 같았다.

마치 오래 겪어본 사람처럼 그녀의 성격을 콕콕 집어내고 있지 않은가.

그녀는 아예 한술 더 떴다.

"사실 낭자는 누구보다도 마음이 따뜻한 사람이에요. 아마도 어린 시절에 어떤 커다란 마음의 상처를 받았을지도 모르겠군요. 그래서 그때부터 속마음을 남에게 드러내지 않게 된 것 같군요."

그 말에 담홍예의 눈빛이 크게 흔들렸다.

봉선의 지적은 눈으로 본 것처럼 정확했다. 담홍예에겐 정말 그런 가슴 아픈 어린 시절의 기억이 있었다.

아들을 마련의 총련주로서 누구보다 강하게 훈련시키려던 아버지와 학문을 좋아하고 심약하기만 해서 그것을 따라주지 못하는 아들 사이의 심각한 갈등.

어느 날, 아들 부부는 부친의 강압을 이기지 못하고 끝내 자살이라는 극단적인 방법을 선택함으로써 아버지가 틀렸다는 사실을 증명하려 했다.

그리고 불과 다섯 살이었던 아들의 어린 딸은 피투성이가 되어 침상 위에 나란히 죽어 있는 부모의 끔찍한 모습을 목격해야만 했다.

그날 이후 어린 딸은 성년이 된 지금까지도 그때의 악몽을 꾸곤 한다.

그리고 그녀는 그때부터 남들과는 전혀 이질적인 괴팍한 성격이 형성되기 시작하여 오늘에 이른 것이다.

담홍예는 그날 이후 부모의 일을 한 번도 입 밖에 꺼낸 적이 없었다.

"낭자는 참 가련하군요. 혼자서 그 무거운 멍에를 지고 살아왔다니……."

그런데도 봉선은 마치 그녀의 아픔을 다 안다는 듯 섬섬옥수를 뻗어 부드럽게 담홍예의 뺨을 어루만져 주었다. 아니, 그녀는 정말 담홍예를 가련하다고 여겼다.

'가, 감히 나더러 가련하다고? 게다가 내 뺨을 만지다니!'

담홍예는 울컥 분노가 치밀었다. 그러나 그 분노는 마음속 깊은 곳에서 맹렬하게 타오르는 듯하다가 이내 스르르 꺼져 버렸다. 아니, 오히려 놀랍게도 그녀의 눈에서 맑은 눈물방울이 흘러내렸고, 몸은 가늘게 떨리고 있었다.

그녀는 그러지 않으려고 애를 썼지만 몸이 따라주지 않았다.

그것은 마치 이미 아물었다고 생각하여 오랜 세월 방치해둔 상처의 딱지를 떼어내자 피고름이 줄줄 흘러내리는 것 같은 현상이었다.

봉선은 담홍예 곁에 나란히 앉아서 팔로 그녀의 어깨를 감싸며 따스하게 말했다.

"내게 말해봐요. 낭자는 저 사람 화 공자를 어떻게 해서 알게 되었나요?"

담홍예는 생전 처음 느껴보는 괴이한 감정 때문에 봉선에게 욕을 퍼부으려고 애를 썼으나, 그러면 그럴수록 자꾸 그녀

품에 안겨서 엉엉 울고 싶은 마음이 더 커져만 갔다.

　깊은 산중에 밤이 찾아왔다.
　화무린이 열여덟 명의 월사를 모조리 죽인 얼어붙은 소 근처 수십 군데에 활활 모닥불이 피어오르고 있었고, 그 주변에는 구중천 사람들과 무림 군웅이 모여 앉아서 휴식을 취하거나 주변을 경계하고 있었다.
　한 군데 모닥불 주위에는 호천제가 운공을 하고 있었으며, 그 전후좌우에는 호천사령이 호위하고 있었다.
　그곳 맞은편 모닥불 가에서는 은겸과 몇 명의 창천고수가 둘러앉아서 휴식을 취했다.
　호천제는 다섯 명의 월사와 싸우다가 심한 중상을 입고 죽을 위기에 처한 적이 있었는데, 때마침 화무린이 나타나서 위기를 넘겼다.
　또한 봉선이 담홍예와 대화를 나누는 동안 딱히 할 일이 없던 화무린이 호천제의 상처까지 치료해 주었다. 결국 화무린이 그의 목숨을 두 번이나 구해준 셈이었다.
　그곳에서 약간 떨어진 작은 모닥불 가에 봉선과 담홍예가 나란히 앉아서 아직도 대화를 나누고 있었다.
　그녀들의 그런 모습은 몹시 다정해서 모르는 사람이 본다면 아마 친자매라고 오해를 할 정도였다.
　화무린과 윤학, 그리고 네 명의 당주는 지금 이곳에 없다.

잠시의 시간도 아까운 화무린은 호천제를 치료하고 나서도 봉선과 담홍예의 대화가 끝나지 않자, 윤학 등 다섯 명을 숲 속 외진 장소로 데리고 가서 홍몽신류검의 부족한 점들을 면밀하게 지도하는 한편, 강력한 검법에 걸맞도록 탄영비활을 전수해 주고 있는 중이었다.

화무린은 윤학 등이 강해지기를 원했다. 그렇다고 무슨 원대한 뜻이 있는 것은 아니었다.

다만 그들이 자신을 능히 지키고 더 나아가서는 경무장을 명문세가로 강성하게 키우는 데에 일익을 담당하기를 희망할 뿐이었다.

봉선과 오랜 대화를 나눈 담홍예는 표정과 눈빛이 많이 부드러워져 있었다.

담홍예는 정말 오랫동안 가슴속에 꾹꾹 눌러두었던 모든 얘기를 봉선에게 꺼내놓았다.

그리고 봉선은 그 얘기들을 다 들어주면서 가끔씩 친절한 조언을 아끼지 않았다.

그러는 사이에 두 사람은 마치 오래전부터 잘 알고 지낸 사이처럼 가까워지게 되었다.

담홍예는 정말 봉선에게 크게 감화를 받았다. 그녀는 왜 진작 봉선 같은 사람을 만나서 속을 터놓지 못했었는지 억울한 생각이 들 정도였다.

"소군을 납치한 사람이 담 낭자인가요?"

이윽고 봉선은 조심스럽게 본론을 꺼냈다.

담홍예는 보일 듯 말 듯 고개를 끄덕였다.

"소군을 미끼로 화 공자를 협박하려는 것이로군요."

봉선의 말에 담홍예는 침묵으로 인정을 했다.

"그런 방법으로는 사랑을 얻을 수 없어요. 사랑은 끝없는 헌신이고 이해예요."

봉선은 그녀를 나무라지 않고 오히려 부드럽게 조언을 해 주었다.

담홍예는 또 가만히 고개를 끄덕였다.

봉선은 우아하게 미소를 지었다.

"이제 소군이 있는 곳을 말해줄 수 있겠어요?"

담홍예는 잠시 침묵을 지키면서 입술을 잘근잘근 깨물더니 이윽고 입을 열었다.

"그녀를 데리고 오면 당신이 나서서 나와 무린을 혼인시켜 줄 수 있나요?"

담홍예는 봉선에게 감화를 받기는 했지만 전부는 아니었다. 한 여자의 성격 자체를 완전히 뒤바꿔놓기에는 두 사람이 대화를 나눈 시간이 너무 짧았고 또 담홍예의 성격이 지나치게 강팍했다.

갑작스런 말에 봉선은 기가 막혔다. 그것은 전혀 뜻밖의 요구였다.

하지만 담홍예에게는 목숨을 걸 만큼 중요한 문제였다.

봉선은 자신이 여태까지 담홍예와 대화를 한 것이 이 문제를 해결하는 데에 조금도 도움이 되지 않은 것 같은 기분이 들었다.

"그것은 억지예요."

봉선은 차분하려고 애쓰면서 조용히 말했다.

"어째서 억지죠? 다른 사람들이 그렇듯이 나도 내가 원하는 것을 얻으면 안 되나요?"

대화를 하던 중에 담홍예는 언제부터인가 봉선에게 존대를 하고 있었다.

"일전에 화 공자가 담 낭자의 알몸을 보고 만졌던 것은 담 낭자를 살리기 위해서 어쩔 수 없이 취한 행동이었어요. 만약 화 공자가 그렇게 하지 않았더라면 담 낭자는 이미 그 당시에 죽었을 거예요. 그러니 화 공자는 담 낭자에게 생명의 은인이 아닌가요?"

"그건 그래요."

"생명의 은인에게 은혜를 갚기는커녕 그를 괴롭혀서야 되겠어요?"

"나는 소군이라는 계집애를 죽이지 않을 거예요. 그냥 무린에게 약간 겁만 주려는 것뿐인데 그게 어째서 무린을 괴롭히는 것인가요?"

"화 공자와 소군은 서로 목숨보다 더 사랑하는 사이예요. 그런데 담 낭자가 무력으로 그 둘을 갈라놓았으니 두 사람은 당연히 괴롭겠지요."

순간 담홍예의 두 눈 깊숙한 곳에서 파란 불꽃이 가볍게 번뜩였다.

봉선이 '화 공자와 소군은 서로 목숨보다 사랑하는 사이'라고 말하는 순간이었다.

그러나 봉선은 담홍예의 눈빛이 변하는 것을 발견하지 못했다.

"역시 어려운가요?"

담홍예는 풀죽은 표정으로 말했다.

"그래요. 순리대로 일을 풀어나가야죠. 내가 도울 테니 우선 소군이 있는 곳을 말해주세요. 소군을 화 공자 곁에 데려다 준 다음에 내가 최선을 다해서 화 공자와 담 낭자의 관계를 돕겠어요."

담홍예는 또 잠시 동안 가만히 있다가 나직이 한숨을 쉬면서 말했다.

"그렇다면 내 혈도는 풀어줄 수 있겠죠?"

봉선은 가만히 담홍예를 응시했다.

담홍예는 고즈넉하게 봉선의 시선을 받아들였다. 지금의 담홍예에게서는 대화를 시작하기 전의 괴팍함을 조금도 찾아볼 수가 없었다.

봉선은 나름대로 결정을 내리고 가만히 손을 뻗어 담홍예의 마혈을 풀어주었다.

그녀는 자신의 안목을 믿기로 한 것이다. 또한 소군을 되돌려 받으려면 이쪽에서도 담홍예에게 뭔가를 보여줘야 할 필요가 있다고 생각했다.

"아아, 이제야 살 것 같아요! 고마워요!"

담홍예는 활짝 기지개를 켜면서 순진한 소녀처럼 환한 표정을 지었다.

그 모습을 바라보면서 봉선은 진작 혈도를 풀어줄 것을 잘못했다고 자신을 자책했다.

바로 그때였다.

"그년을 데려다 준 후에 나와 무린을 혼인시켜 달라는 것이 어째서 억지라는 말이냐?"

담홍예가 허리를 꼿꼿하게 편 자세로 봉선을 무섭게 쏘아보며 앙칼지게 말했다.

"……."

봉선은 깜짝 놀라서 아무 말도 못하고 담홍예를 물끄러미 쳐다보기만 했다.

그녀는 방금 담홍예의 말과 행동을 믿을 수가 없었다. 그래서 자신이 뭔가 잘못 들었을 것이라고 생각했다.

그 순간 담홍예의 오른손 일장이 바로 곁에 앉아 있는 봉선의 가슴속으로 쏜살같이 파고들었다.

그러나 봉선은 피할 수가 없었다.

심한 내상을 입은 상태에서 담홍예와 대화를 하기 위해 조금밖에 남지 않은 진기마저 다 끌어다 썼기 때문에 쓰러지기 직전의 상태였다.

빠억!

"아악!"

담홍예의 전력 일장이 봉선의 가슴에 적중되자 그녀는 처절한 비명을 지르면서 가랑잎처럼 뒤로 붕 날아갔다.

그때 담홍예는 날카로운 웃음을 터뜨리며 어두운 숲 속으로 바람처럼 사라져 갔다.

"깔깔깔깔! 무린에게 전해라! 나를 정실 부인으로 맞이하지 않으면 소군이라는 년의 머리통을 보내주겠다고!"

봉선은 뒤로 쓰러진 채 입에서 피를 흘리며 몸을 가늘게 떨었다.

그러나 그녀는 육체의 고통보다 배신의 고통에 더 괴로워하고 있었다.

스르르 그녀의 눈이 감겼다.

느닷없는 일에 한바탕 소요가 일었다. 주위에 있던 사람들이 깜짝 놀라서 쳐다봤을 때에는 봉선은 죽은 듯이 쓰러져 있었고, 담홍예의 모습은 보이지 않았다.

"봉선님!"

은겸이 혼절해 있는 봉선에게 쏘아갔고, 호천사령 중에 두 명과 구중천 고수들, 무림 군웅이 일제히 담홍예를 추격하기 시작했다.

화무린이 나타난 것은 담홍예가 사라지고 나서 열 번 호흡할 정도가 지났을 때였다.

봉선의 비명 소리와 담홍예의 웃음소리, 그리고 은겸이 다급하게 봉선을 부르는 소리를 듣고는 뭔가 심상치 않은 일이 벌어졌다고 여겨 즉시 달려온 것이다.

그는 나타나자마자 담홍예부터 찾아보았다. 그러나 그녀의 모습은 어디에도 없었다.

'이런……!'

화무린은 재빨리 주위를 둘러보았다.

그 많던 고수들이 모두 사라지고 운공을 하고 있는 호천제와 그를 호법하는 두 명의 호천이령, 그리고 쓰러져 있는 봉선 곁에서 어쩔 줄 모른 채 당황하고 있는 은겸이 장내에 있는 사람의 전부였다.

화무린의 시선이 봉선에게 날아가 꽂혔다.

그녀는 눈을 꼭 감고 있었는데 혼절을 한 것 같았으며, 안색이 밀랍처럼 창백했고 핏기없는 입에서는 검붉은 피가 흘러나오고 있었다.

강호를 종횡하는 중에 의술의 필요성을 절실하게 느껴서 시간이 날 때마다 틈틈이 명천신기서를 외우면서 이해하려고 애써왔던 화무린은 어느덧 의술의 대가(大家) 반열에 들 정도가 되어 있었다.

그가 봤을 때 봉선의 상태는 몹시 위중했다. 지금 즉시 손을 쓰지 않으면, 아니, 손을 쓴다고 해도 목숨을 건지기가 어려울 듯했다.

"무린, 봉선님을 봐주게! 어서!"

은겸이 화무린을 보며 절규하듯이 외쳤다. 은겸은 봉선의 몸에 감히 손조차 대지 못하고 있었다.

그에게 있어서 봉선은 성결함 그 자체이고, 존경심의 중심에 있는 사람이었으니 그러는 것도 무리는 아니었다.

화무린은 갈등했다.

지금 추격하면 담홍예를 잡을 수 있을지도 모른다.

그러나 봉선은 죽게 될 것이다.

그렇지만 결국 화무린의 발걸음은 봉선에게 향하고 있었다. 그렇다고 해서 은겸의 외침이 그의 마음을 움직인 것이 아니었다.

그녀를 이대로 죽게 내버려 둘 수 없다는 화무린의 마음속 외침 때문이었다.

소군만큼은 아니더라도, 봉선은 어느새 화무린의 가까운 사람이 되어 있었던 것이다.

"그녀의 상의를 모두 벗기시오."

심각한 표정으로 봉선의 상태를 잠시 살피던 화무린이 은겸에게 지시했다.

봉선이 용비에게 이격을 당한 것도 내상이고, 조금 전에 담홍예에게 가슴에 일격을 당한 것도 내상으로 이어졌기 때문에 치료를 위해서는 상체를 알몸으로 만들어야 하는 것이 기본이었다.

이런 급박한 상황인데도 은겸은 화들짝 놀라서 두 손을 저으며 난색을 표했다.

"나는 못하네. 자네가 하게. 이곳에서 말고, 내가 장소를 마련하겠네."

그는 서둘러 그 자리를 떠났다.

은겸은 언제부턴가 화무린에게 '하게'라는 식의 말을 사용하고 있었다.

이놈저놈 하기에는 화무린이란 존재가 너무 거대해져 버렸기 때문이다.

"여길세! 어서 봉선님을 모시고 이리로 오게!"

은겸이 근처에서 찾아낸 곳은 폭포 옆에 몇 개의 바위가 어우러져서 자연적으로 삼면의 담과 그 안쪽에 아늑한 공간을 형성하고 있는 최적지였다.

"부디 전력을 다해주게."

봉선을 바위 안쪽 공간으로 옮긴 후에 은겸은 두 손으로 화무린의 손을 잡고 고개까지 숙여 보이면서 정중하게 거듭 부탁을 하고 밖으로 나갔다.

화무린은 잠시라도 지체할 여유가 없었기에 즉시 봉선을

반듯하게 눕히고 상의를 모두 벗긴 후 살펴보았다.

그녀의 오른쪽 풍만한 젖가슴과 앙가슴 사이에 하나의 손바닥 자국이 검게 뚜렷이 찍혀 있었다.

담홍예가 전력으로 발출한 일장이 남긴 자국이었다. 겉으로 드러난 외상은 그것뿐이었다.

봉선의 상체는 동그랗고 가녀리면서도 탄력있고 풍만한 가슴을 지니고 있었다.

떡가루를 바른 것처럼 눈부시게 희고 뽀얀 살결이라서 젖가슴과 앙가슴에 걸쳐서 새겨져 있는 손바닥 자국이 더 선명하게 눈에 띄었다.

용비는 봉선에게 적멸기류와 무상검탄강을 연이어 발출했었으며, 봉선은 혼원강기로 대항했다.

그녀는 첫 번째 적멸기류와의 격돌에서 기혈이 심하게 뒤틀리면서 한순간 공력이 흩어졌기 때문에, 연이은 용비의 무상검탄강 공격에는 절반도 안 되는 공력으로 혼원강기를 발출하여 막을 수밖에 없었다.

적멸기류보다 더 강력한 무상검탄강을 절반도 안 되는 공력으로 대항했으니 그 충격이 오죽했겠는가. 그때 그녀는 극심한 내상을 입었다.

그런 데다가 담홍예에게 바로 지척지간에서 전력 일장을 적중당했으니, 그 충격이 어떠했을지는 어렵지 않게 짐작할 수 있었다.

그러나 화무린은 그런 사실들을 자세히 모른다. 다만 담홍예에게 일장을 적중당했다는 사실만 은겸에게 전해 들었을 뿐이다.

그는 즉시 봉선 옆에 무릎을 꿇고 앉아서 앙가슴에 손바닥을 밀착시켰다.

그녀의 젖가슴이 워낙 풍만한 탓에 젖가슴 사이인 앙가슴이 채 두 치도 되지 않았다.

그래서 화무린의 커다란 손바닥이 앙가슴과 양쪽의 젖가슴 절반을 거의 덮어버렸다.

화무린의 손바닥에서 부드러운 진기가 뿜어져 봉선의 앙가슴을 통해 체내로 주입되었다.

지금 이 방법은 명천신기서에 수록된 내용으로 진기를 주입했다가 다시 거두면서 어느 정도의 내상을 입었는지를 정확하게 진단하는 신기한 방법이었다.

'이런……!'

잠시 후 진단을 마친 화무린은 적잖이 놀라고 말았다. 봉선의 상태가 예상했던 것보다 훨씬 좋지 않았기 때문이다.

오장육부가 도막난 것은 물론이고 어떤 부위는 이미 녹기 시작했으며, 심맥과 혈맥이 온전한 것이 거의 없을 정도로 조각조각 끊어진 최악의 상태였다.

물론 의술의 집대성인 명천신기서에는 그것을 치료하는 방법이 기록되어 있다.

다만 치료를 한다고 해도 봉선을 살릴 수 있느냐는 것은 미지수였다.

천지만물이 그렇듯이 사람 역시 다치게 하는 것은 쉽지만 치료를 하는 일은 어렵기 짝이 없다.

봉선을 치료하는 것은 예전에 악소와 담홍예, 창천제의 극양지기를 흡수해 내는 것이나, 얼마 전에 호천제가 칼에 베이고 찔린 상처를 치료하는 것과는 근본적으로 다르다.

순전히 공력으로 끊어진 오장육부와 심맥, 혈맥을 잇고 다스려야 하는 것이다.

공력이 웬만큼 심후하지 않고는 시도조차 할 수가 없는 방법이었다.

더구나 지금 같은 경우는 죽은 사람을 소생시키는 것이나 다름이 없었다.

화무린은 봉선의 현재 상태를 정확하게 알아낸 후에 그녀의 가슴에서 손을 거두고 운공을 시작했다.

조화무극심법이나 무극신공이 아니라 명천신기서에 기록되어 있는 내상을 치료하는 특수한 구결에 따라서 운공을 하는 것이다.

그래야만 본신의 공력을 치료를 위한 음유한 공력으로 바꿀 수 있는 것이다.

죽어가는 사람을 앞에 두고 포기를 할 수는 없었다. 죽은 사람을 살리는 것이나 다름이 없을 정도로 어려운 치료라고 해도 시도는 해봐야 한다.

치료 가능성이 단 일 할뿐이더라도.

화무린은 마음이 조급했지만 그렇다고 실을 바늘허리에 묶어 사용할 수는 없는 일이다.

운공을 하는데 거의 일각이 소요됐다. 그사이에도 봉선의 상태는 더욱 악화되고 있을 것이다. 아니, 어쩌면 숨이 멈추었는지도 모른다.

운공을 끝낸 화무린은 즉시 봉선의 촌관척(寸關尺:맥)을 잡아보았다.

무척 흐릿해서 맥이 거의 잡히지 않았지만 아직 맥이 뛰고 있었다.

그는 봉선의 치마끈을 풀어 아래로 끌어내려 아랫배가 완전히 드러나게 했다.

그 과정에서 너무 힘을 주는 바람에 치마가 허벅지까지 내려가 버렸다.

잘록한 허리와 도도록한 아랫배, 그리고 그 아래쪽의 거뭇거뭇한 거웃이 드러났지만 그런 것들은 화무린의 눈에 조금도 들어오지 않았다.

그는 두 손바닥을 활짝 펼쳐서 각각 봉선의 앙가슴과 단전에 밀착시켰다.

이어서 방금 전의 운공으로 생성시킨 특수한 진기를 부드럽게 그녀의 체내로 주입하면서 우선 녹고 있는 오장육부를 감쌌다.

지그시 눈을 감고 있는 그의 짙은 눈썹이 꿈틀거렸다. 이백 사십 년에 달하는 그의 공력을 거의 전부 사용하고 있기 때문이다.

약 이각이 흘렀을 때 오장육부의 녹는 현상이 가까스로 중지됐다.

하지만 그는 멈추지 않았다. 이미 녹은 장기를 원상 회복시켜야 하기 때문이다. 그것은 방금 전보다 훨씬 더 어려운 과정이었다.

"휴우……."

다시 반 시진쯤 흘렀을 때에야 겨우 녹은 장기를 원상태로 회복시켜 놓았다.

그렇지만 봉선의 상태가 좋아졌는지, 아니면 치료하는 중에 죽었는지 살펴볼 겨를이 없었다.

다음은 도막나고 터지고 찢어졌으며 제자리를 이탈한 오장육부를 맞추고 제자리에 고정시켜야 한다.

화무린은 몹시 어지러우면서도 심한 구토 증세를 느꼈다. 공력을 과도하게 사용했기 때문이다.

화무린의 쌍장에서 뿜어진 심후한 공력이 오장육부의 찢어지고 터진 부위를 메우고 봉합하기 시작했다. 이 과정이 가장 힘들고 또 중요했다.

이것의 결과에 따라서 봉선의 생사가 좌우된다고 해도 지나친 말이 아니었다.

그렇게 다시 한 시진이 흘렀다.

화무린은 원래 앉았던 자리에서 한 치도 움직이지 않은 채 여전히 치료에 열중하고 있었다.

바깥쪽에서 호법을 서고 있는 은겸은 초조함이 극에 달해서 그 자신이 숨이 멎을 지경이었다.

그래서 그는 조심스럽게 입구 쪽으로 다가가 안을 들여다 보았다.

그가 있는 곳에서 봉선의 모습은 보이지 않았고 화무린의 상체만 보였다.

화무린의 얼굴을 보던 은겸은 흠칫 놀랐다.

그의 머리털이 하늘을 향해 곤두섰으며, 부릅뜬 두 눈과 악다문 입, 그리고 홍시처럼 붉게 달아오른 얼굴에서는 소나기처럼 땀이 쏟아지고 있었다.

그 모습을 본 은겸은 화무린이 지금 자신이 갖고 있는 모든 것을 쏟아 붓고 있다는 사실을 깨달았다.

문득 저러다가 화무린이 치료를 하는 도중에 쓰러지지 않을까 걱정이 될 정도였다.

은겸은 화무린의 얼굴에서 한동안 시선을 떼지 못했다.

그는 문득 화무린의 얼굴이 부처를 닮은 것 같은 착각을 일으켰다.

한 생명을 소생시키기 위해서 사력을 다하고 있는 화무린의 모습은 차라리 숭고해 보였다.

　그 모습에서는 ‘자하악전’에서 수백 명의 천외무적군을 도륙하던 살기는 추호도 찾아볼 수가 없었다.

　뿌옇게 동이 터오고 있었다.

　그때까지도 바위 안쪽에서는 아무런 기척이 없었다.

　은겸은 이제는 봉선이 아니라 화무린이 걱정됐다. 저러다가 사람 잡겠다는 생각이 들었다.

　그렇게 되면 봉선도 화무린도 변을 당하고 말 것이라는 생각 때문에 그는 극도로 초조해서 제자리에 가만히 서 있지를 못했다.

　그렇지만 공력으로 치료를 하고 있는 중에는 건드릴 수도, 말을 걸 수도 없다는 것은 상식이기 때문에 은겸으로서는 어쩔 도리가 없었다.

第七十九章

모정(母情)

봉선은 한숨 푹 자고 난 아주 개운하고 상쾌한 느낌으로 깨어났다.

이런 날아갈 듯한 기분은 구중천을 떠나온 이후로 처음 느껴보는 것이었다.

문득 그녀는 자신이 담홍예의 전력 일장에 적중당했다는 사실을 기억해 냈다.

더불어 그전에 자신이 용비에게 심각한 중상을 입었던 기억도 떠올랐다.

그녀의 기억으로는 그것은 방금 전에 벌어진 일 같았다.

'설마……'

어이없게도 그녀는 자신이 어쩌면 이미 죽었을지도 모른다는 생각을 했다.

그런 생각을 하는 것도 무리가 아니었다. 그녀는 죽을 수밖에 없는 절박한 상황에 처해 있었다.

만약 지금 그녀가 살아 있다면, 극도의 고통을 느끼고 있어야 마땅했다.

게다가 지금 느끼고 있는 이런 날아갈 듯 상쾌한 느낌은 육신이 죽은 후에야 가능한 일인 것 같았다.

그런데…

두근두근…….

그 순간 그녀는 가슴이, 심장이 힘차게 뛰고 있는 것을 느꼈다.

영혼에도 심장이 있다는 말인가? 그렇지만 이것은 필경 육신의 심장이 두근거리는 느낌이었다.

죽었을지도 모른다는 생각을 하자 겁이 나서인지 심장이 두근거리기 시작했으며, 그것이 육신의 심장이라는 생각을 하자 더욱 격렬하게 두근거렸다.

문득 그녀는 주위가 캄캄하다는 생각이 들었다.

죽음이 캄캄하다고 여겨지기보다는 눈을 감았기 때문이라는 생각이 강하게 들었다.

또한 자신의 몸 위에 무언가 묵직한 것이 얹혀 있는 듯한 중압감이 느껴졌다.

그녀는 조심스럽게 눈을 떴다. 만약 자신이 죽지 않았다면 육신의 눈이 떠질 것이다.

그리고 기적처럼 눈이 떠졌다. 자신이 죽었을지도 모른다고 생각하는 그녀에게 육신의 눈이 떠지는 것은 기적 같은 일이었다.

그리고 몇 개의 바위와 어둠이 걷혀가고 있는 희끄무레한 여명이 보였다.

'아아! 난 아직 살아 있어!'

그녀는 속으로 기쁨의 탄성을 터뜨렸다.

그때 문득, 한 사람의 얼굴이 그녀의 시야 가득 들어왔다.

'대공!'

놀랍게도 화무린이었다.

그녀는 눈을 뜨자마자 그의 얼굴을 바로 코앞에서 발견하게 될 줄은 상상도 하지 못했었다.

화무린은 봉선의 젖가슴에 뺨을 묻고는 그녀 쪽으로 얼굴을 향한 채 굳게 눈을 감고 있었다.

그런데 봉선의 풍만한 젖가슴이 화무린의 얼굴 무게 때문에 잔뜩 일그러진 상태였다.

게다가 우연의 일치치고는 기가 막히게도 버찌처럼 작은 분홍빛의 유두가 화무린의 두 개의 입술 사이에 수줍은 듯이 살짝 닿아 있어서, 흡사 화무린이 유두를 빨고 있는 듯한 모습이었다.

그것을 발견한 봉선의 두 눈이 화등잔처럼 잔뜩 커졌다. 머릿속에서 수백 개의 범종이 한꺼번에 울려대는 것 같았고, 온몸이 용광로 속에 던져진 것처럼 뜨거운 열기가 확 일었다.

그러나 그녀는 경험이 풍부하고 이해심이 많은 성품이어서 결코 이런 상황을 오해할 사람이 아니었다.

그녀는 어떻게 된 일인지 즉시 직감할 수 있었다. 그녀의 추측에 의하면, 화무린은 그녀를 치료하여 끝내 살려놓고는 탈진하여 혼절해 버리고 만 것이었다.

'아아… 대공…….'

그녀의 가슴 깊은 곳에서 걷잡을 수 없는 감동이 용솟음쳐 올랐다.

사실 그녀는 화무린을 한 남성으로 연모하고 있었다. 그것은 아무에게도 말할 수 없는 비밀이었으며, 혼자서 조심스럽게 생각하는 것만으로도 가슴이 콩닥거리는 수줍음이었다.

그러나 성제의 일족인 대공을, 더구나 속세에서는 한참 손자뻘인 청년을 연모한다는 것은 주제넘은 일이었다.

균천제의 좌호법인 그녀와 우호법인 용장은 혼인을 하지 않은 처녀 총각이었다.

별다른 이유가 있어서가 아니라 그저 이성에 별다른 관심이 없었을 뿐이다.

그래서 죽을 때까지 균천제의 좌우호법을 천직으로 여기며 살겠다는 일념을 품고 있었다.

그러나 실상인즉 두 사람은 아직 눈에 확 띄는 이성을 만날 기회가 없었으며, 그래서 한 번도 사랑이라는 것을 해본 적이 없었던 것이다.

균천제를 그림자처럼 수행하고 있으니 언제 이성을 접할 기회가 있었겠는가.

그런 것을 두 사람은 자신들이 이성에 대해서 초연하기 때문이라고 착각하게 되었으며, 결국 그렇게 해서 오늘에 이르게 된 것이었다.

그런 봉선 앞에 어느 날 화무린이 나타났다.

그렇다고 세상에 흔히 있는 일처럼 봉선이 한눈에 그에게 반한 것은 아니었다.

다만 성존의 친아들이기 때문에 각별한 관심을 갖고 지켜봤을 뿐이었다.

그러는 과정에서 점차 화무린에게 흥미와 호기심을 느꼈다.

화무린에겐 여자들을 매료시키는 독특한 매력이 있었다.

무뚝뚝하고 오만한 것 같으면서도 순수한, 그러면서도 강한 남자가 바로 화무린이었다.

봉선이 화무린에게 품었던 흥미와 호기심은 점점 무르익어 어느 순간 사랑으로 변해 있었다.

그 사실을 스스로 깨닫고 봉선은 또 얼마나 황당하고 놀라워했던가.

그런데 그것은 사랑이 아니었다. 봉선은 그것을 지금 방금 깨달았다.

화무린이 봉선 자신의 유두를 입에 머금고 있는 듯한 모습을 보는 순간에 말이다.

그녀는 이끌리듯이 한 손을 들어 올려 화무린의 머리를 부드럽게 쓰다듬었다.

이어서 다른 한 손을 들어 그의 등에 얹고는 약간 힘을 주어 살며시 끌어안았다.

그러자 화무린이 가슴속으로 스며들어 와 가득 차는 듯한 느낌이 들었다.

바로 이것이었다, 방금 전에 그녀가 눈을 뜨자마자 화무린을 발견하고 느낀 것은.

모정(母情).

그녀가 화무린에게 품고 있던 감정은 사랑이 아니라 모정이었던 것이다.

이날까지 아이를 낳아보기는커녕 사내와 잠자리조차 가져본 적이 없는 그녀가 모정을 느낀다고 하면 코웃음을 칠 사람들이 있을지도 모르겠지만, 모정이란 아이를 낳은 여성만 느끼는 것이 아니다.

무슨 꿈을 꾼 것일까?

그때 화무린이 잠을 자면서 속삭이듯 중얼거렸다.

"어머니……."

잠꼬대였다.

봉선은 두 가지 때문에 깜짝 놀랐다.

한 가지는 화무린이 마치 자신에게 ‘어머니’라고 부른 것 같은 착각 때문이었다.

그리고 또 한 가지는 그가 말을 하는 바람에 입술 사이에 닿아 있던 유두가 입술로 자근자근 깨무는 듯해서 유두를 통해 짜릿짜릿한 느낌이 전해졌기 때문이다.

보통 여자의 젖꼭지를 애무하면 그 짜릿한 느낌이 즉시 음부로 전달되어 강한 성감이 느껴지게 마련이다.

그런데 방금 봉선은 유두의 짜릿한 느낌이 고스란히 가슴으로 전해졌다.

그것은 아기에게 젖을 물린 어미가 느끼는 모성에 다름 아닌 것이다.

봉선은 눈물이 왈칵 쏟아질 만큼 감동을 받아서 부드럽게 화무린의 뺨을 쓰다듬었다.

그 바람에 화무린이 움찔 가볍게 상체를 떨면서 스르르 눈을 떴다.

깜짝 놀란 봉선은 호흡도 움직임도 멈춘 채 가만히 그를 바라보았다.

그녀의 얼굴에는 마치 나쁜 짓을 하다가 들킨 듯한 표정이 떠올라 있었다.

화무린도 그 자세 그대로 눈을 깜빡거리면서 가만히 봉선을 바라보았다.

두 사람의 시선이 한 뼘도 안 되는 거리에서 마주친 채 한동안 고정되어 있었다.

이때의 봉선의 눈은 한없는 온화함과 자비로움을 가득 담고 있었다.

화무린의 눈빛은 봉선의 눈에서 무엇인가를 찾아내려는 듯 날카로우면서도 집요했다.

문득 화무린의 눈동자가 스르르 아래로 굴러 자신의 입술에 닿아 있는 봉선의 유두를 굽어보았다.

이윽고 그는 피식 실소를 흘리면서 상체를 일으키며 손가락으로 유두를 슬쩍 튕기듯이 건드렸다.

"이것 때문에 그런 해괴한 꿈을 꾼 것이었군?"

순간 봉선의 얼굴이 확 붉어졌다.

그녀는 조심스럽게 상체를 일으켜 앉았다. 그러나 젖가슴을 가리거나 하지는 않았다.

앉은 그녀는 자신의 치마가 거의 벗겨져서 허벅지에 걸려 있으며 검은 음모가 고스란히 드러나 있는 것을 발견하고는 깜짝 놀랐다.

그러나 약간 부끄러운 마음이 들었을 뿐 못 견딜 정도는 아니었다.

그때 화무린이 그녀의 치마를 끌어 올려주었다.

그러나 그녀가 앉아 있는 자세라서 치마가 엉덩이에 걸렸다.

그러자 봉선이 손으로 바닥을 짚고 엉덩이를 살짝 들어 올렸고 화무린이 치마를 제대로 끌어 올린 후 치마끈을 묶어주고는 옆에 있는 상의를 집어 그녀의 상체에 걸쳐 주었다.

봉선은 화무린이 치마를 끌어 올릴 때 그것을 뿌리치고 자신이 할 수도 있었는데 그렇게 하지 않았다.

화무린의 행동은 가족끼리의 그것처럼 스스럼없는 행동이었으며 봉선도 그렇게 받아들였기 때문이다.

은겸은 말소리에 놀라서 급히 안쪽으로 들어서다가 봉선이 상의를 입고 있으며, 그 옆에서 화무린이 지켜보고 있는 것을 발견하고는 화들짝 놀라서 몸을 돌려 후다닥 달아났다.

그러면서 그녀가 소생했다는 것, 화무린마저도 무사하다는 사실 때문에 어린아이처럼 펄쩍펄쩍 뛰면서 환호성을 지를 만큼 기뻐했다.

슥—

화무린이 몸을 일으켰다.

휘청~

그리고는 가볍게 비틀거리다가 손으로 바위를 짚었다.

그 모습을 보며 봉선은 가슴이 아렸다. 자신을 치료하느라 화무린 같은 절정고수가 비틀거릴 정도로 진기를 허비했다는 사실을 알았기 때문이다.

"저기……."

화무린이 바위 사이로 걸어나가려는데 봉선이 조심스럽게 입을 열었다.

그가 걸음을 멈추고 뒤돌아보았다. 평소처럼 무뚝뚝한 얼굴로 돌아간 그 표정이 뭐냐고 묻고 있었다.

봉선은 자신이 화무린에게 모성을 느꼈다는 사실 때문에 그와 눈을 마주치지 못하고 고개를 숙인 채 말했다.

"해괴한 꿈을 꾸었다는 것이 뭔가요?"

조금 전에 화무린은 봉선의 젖가슴을 손가락으로 툭 건드리면서 그것 때문에 해괴한 꿈을 꾸었다고 말했었다.

화무린은 잠시 머뭇거리는 것 같더니 이윽고 퉁명스럽게 툭 물었다.

"알고 싶소?"

"네."

"그럼 한 가지 부탁을 들어주시오."

"무슨……."

봉선은 그의 뜬금없는 말에 약간 긴장했다.

화무린은 머쓱한 표정을 지으면서 손바닥으로 괜히 바위를 쓰다듬었다.

"이제부터 내게……."

봉선은 화무린의 그런 모습이 몹시 귀엽다는 생각이 들었다.

"어떻게 하면 되죠?"

“마, 말을… 놓으시오.”

봉선은 깜짝 놀라서 눈을 동그랗게 떴다. 그가 왜 갑자기 그런 부탁, 아니, 요구를 하는 것인지 이해하려고 잠시 가만히 있었다.

어쩌면 화무린도 봉선이 느낀 것 같은 감정을 느낀 것인지도 모른다.

“싫으면 그만두고.”

화무린이 툭 내뱉으면서 몸을 돌렸다. 그 표정이 볼멘 아이의 그것과 비슷했다.

봉선은 화무린 같은 성격의 소유자가 방금 같은 요구를 한다는 것이 쉽지 않았을 것이라고 생각했다.

“아, 알았어요. 그렇게 하겠어요.”

그녀는 일어서면서 급히 외치듯이 말했다.

나가려던 화무린의 걸음이 멈춰졌다.

봉선은 손으로 가슴을 지그시 누르면서 필생의 용기를 내어 입술을 떼었다.

“조금 전에… 꾸었다는 해괴한 꿈이라는 것이 뭐… 였지?”

그렇지만 화무린은 쉽게 대답하지 못했다. 그는 괜히 발끝으로 바닥을 툭툭 차면서 어물거렸다.

조금 전에 봉선의 유두를 손가락으로 건드리던 호기는 깡그리 사라진 모습이었다.

“음! 그러니까 나는… 갓난아기로 돌아가서……”

"그래서?"

"어… 어머니의 저… 젖을 먹는 꿈을 꾸었소."

"……."

그 말을 서둘러 내뱉고는 황급히 허둥지둥 달아나는 화무린이었다.

봉선은 놀란 얼굴로 가만히 서 있었다. 그가 설마 그런 꿈을 꾸었을 줄은 상상하지 못했었다.

그렇지만 조금도 우습다거나 어이없다는 기분은 들지 않았다.

문득 봉선의 입가에 잔잔한 미소가 피어올랐다.

그녀는 손을 들어 화무린의 입술이 닿았던 유두를 가만히 눌러보았다.

찌르르… 하고 묘한 느낌이 이는 것 같더니 이내 가슴이 따스해졌다.

아마도 그것은, 아기가 어미의 젖을 힘차게 빨 때의 그런 느낌일 터이다.

담홍예를 쫓던 사람들은 동이 트고서도 한참이 지나서야 하나둘씩 돌아왔다.

가장 마지막에 호천제와 호천사령. 무아 선사와 철심협개. 그리고 악소와 당쾌. 윤학과 네 명의 당주가 약간의 간격을 두고 연이어서 돌아왔다.

그들의 대답은 약속이나 한 듯 한결같이 담홍예를 찾지 못했다는 것이었다.

화무린은 봉선을 치료하느라 공력이 거의 고갈됐으며, 밤을 꼬박 새웠다.

또한 고갈된 공력을 운공으로 회복하는 데에 한 시진 이상을 허비해야만 했다. 그래서 담홍예를 찾으러 갈 여유가 없었다.

담홍예를 추격했던 사람들이 하나둘씩 돌아오기 시작한 것은 그가 막 운공을 끝낸 직후였다.

담홍예가 봉선에게 일격을 가하고 도주했을 때 호천제는 운공을 하는 중이었는데, 그는 운공이 끝나자마자 추격에 합류했다가 이제야 돌아왔다.

"그 계집은 어느 방향으로 갔지?"

화무린이 이를 갈 듯이 중얼거리자 윤학이 서북쪽을 가리키며 공손히 아뢰었다.

"저쪽입니다."

화무린이 즉시 그쪽으로 신형을 날리려고 할 때 봉선이 그의 팔을 잡았다.

"잠깐."

그녀는 차분하게 설명했다.

"진정하고 내 말을 들어봐."

그녀가 느닷없이 화무린에게 하대를 하자 모여 있던 사람들은 놀라는 표정을 지었다.

봉선은 개의치 않고 말을 이었다.

"담홍예는 마련의 소련주야. 총련주의 손녀딸이지."

담홍예는 봉선과 오랜 시간 대화를 하면서 자신의 신분에 대해서도 감추지 않고 말해줬었다.

담홍예가 마련의 소련주라는 사실은 화무린뿐만 아니라 모두들 모르고 있던 사실이어서 적잖은 놀라움을 안겨주었다.

"그녀는 군아를 해칠 마음이 조금도 없는 것 같아. 나는 그녀와 대화하면서 그것을 확신했어. 단지 그녀는 군아를 볼모로 너를 협박하려는 계획을 갖고 있을 뿐이야."

봉선은 하대에 이어서 화무린을 '너' 라고까지 했지만, 사람들은 그녀가 말하는 내용이 너무 중대해서 그것에 신경을 쓸 겨를이 없었다.

"무슨 협박입니까?"

화무린도 봉선에게 '하오' 라는 말을 썼는데 지금은 깍듯한 말투로 변했다.

"그녀는 너와 혼인을 하고 싶어해."

"혼인?"

화무린은 이맛살을 찌푸렸다. 혼인이라니, 열흘 삶은 호박에 이빨도 들어가지 않을 말이다.

"너는 그녀와 혼인할 생각이 있니?"

봉선은 말을 하는 중에 점차 자연스럽게 화무린을 아들처럼 느끼고 있었다.

"그게 말이 된다고 생각하세요? 제게 여자는 오직 군아 한 명뿐입니다!"

화무린은 발끈해서 소리쳤다.

봉선은 그의 어깨를 두드리며 다독였다.

"너의 솔직한 생각을 정확하게 알아보려는 것뿐이니까 화내지 말거라."

무림 군웅 뒤쪽에서 지켜보고 있는 악소의 얼굴에는 아까부터 착잡한 표정이 떠올라 있었다.

그녀는 '자하악전' 이후 줄곧 백학서원에서 머물며 화무린에게 가까이 다가갈 기회를 엿봤지만 결과적으로 그에게 말 한마디 건네보지 못했었다.

그녀에게 있어서 화무린은 태양이고, 그녀는 그를 향해 뻗어 있는 해바라기였다.

태양이 없으면, 그래서 햇볕을 쬐지 못하면 해바라기는 시들어서 죽을 수밖에 없다.

그러나 화무린은 자신이 오래전에 악소와 정혼을 했던 사이라는 것을 잊어버린 듯했다.

아니, 악소라는 여자가 존재한다는 자체를 깡그리 잊은 것 같았다.

방금 화무린이 외친 '내게 여자는 군아뿐이다' 라는 말이 악소의 머릿속에서 굉렬하게 소용돌이쳤다.

매일같이 낮이나 밤이나 화무린을 생각하며 눈물을 흘려서 이제 더 흘릴 눈물도 없을 것 같은데도, 악소의 눈에서는 또다시 눈물이 흘렀다.

언제나 악소 곁에 그림자처럼 머물러 있는 당쾌는 가만히 그녀의 얼굴을 쳐다보다가 착잡한 표정을 지었다.

악소의 아픔과 슬픔은 그녀의 수호신인 당쾌로서도 어찌할 도리가 없는 것이었다.

"내 생각에 담홍예는 군아를 아마 마련 총단으로 보냈을 것 같구나."

"마련 총단에요?"

"그래. 그럴 가능성이 가장 커. 군아가 마련 총단에 있다면 우선 안전은 보장된다고 여겨도 되겠지."

화무린은 잠시 생각에 잠겼다. 소군이 마련 총단으로 보내졌을 것이라는 말은 충분히 타당성이 있었다.

그러나 소군의 안전이 보장된다는 것에는 회의가 생겼다. 오히려 담홍예가 독한 마음을 품고 갔으니 소군에게 해코지를 할 것이 분명하다고 여겼다.

봉선은 화무린의 그런 생각을 짐작했는지 부드러운 어조로 설명을 덧붙였다.

"담홍예는 너와 혼인하겠다는 목표가 있으니까 그것이 달성되기 전에는 소군을 건드리지 않을 거야. 소군에게 무슨 일이 생긴다면 네가 담홍예를 원수로 여길 텐데, 바보가 아닌 이상 그런 짓을 하겠어?"

화무린은 듣고 보니까 봉선의 말에 다분히 일리가 있어서 고개를 끄덕였다.

"그렇겠군요."

"담홍예의 성격은 겉보기와는 달리 속마음은 여리고 착한 면이 있으니까 다음에 나타나면 윽박지르지 말고 잘 달래보도록 해."

그렇지만 화무린은 절대 그렇게는 못할 것 같았다. 달래기는커녕 담홍예를 보는 즉시 단칼에 죽이려고 들지 않으면 그나마 다행일 것이다.

어느덧 화무린의 성격에 대해서 잘 알게 된 봉선은 그의 그런 마음까지도 헤아렸다.

"자고로 세상의 일이란 강함보다는 부드러움으로 해결되는 것이 더 많은 법이야. 다시 말해서 부드러움이 강함을 이긴다는 논리지."

화무린의 부친도 예전에 그런 말을 자주 해주었다. 봉선은 마치 아들을 잘 알고 있는 어머니처럼 말했다.

"군아를 위해서야. 너는 군아를 위해서라면 무엇이든 할 수 있겠지?"

"물론입니다."

"그럼 군아를 위해서 나중에 담홍예를 만나더라도 감정을 억누르고 부드럽게 달래줘 봐. 모르긴 해도 강한 것보다는 효력이 있을 거야."

화무린은 지금 당장 마련 총단으로 달려가고 싶었지만 일에는 순서라는 것이 있는 법이다.

지금은 구중천주 일행을 구출하러 가는 것이 우선이었다.

소군에 대한 그리움과 걱정은 잠시 접어둘 수밖에 없었다.

*   *   *

오대산은 하북성과 산서성의 성계(省界)에 위치한 만리장성 너머 산서성에 동북과 남서로 길게 뻗어 있는 길이 육백여 리, 폭 사백여 리의 대산맥이다.

더구나 오대산 북쪽에는 항산(恒山)이 버티고 있으며, 서쪽에는 운중산(雲中山). 남쪽에는 관제산(關帝山), 여량산(呂梁山) 등이 병풍처럼 둘러싸고 있어서 산 이름만 각각 다를 뿐이지, 산서성 전체가 하나의 거대한 대산맥군이라고 해도 지나친 말이 아니었다.

화무린과 호천제. 봉선이 이끄는 구중천 고수와 무림 군웅 오백여 명은 한시도 쉬지 않고 전력으로 달려서 안국현을 출발한 지 하루 반나절 만에 만리장성의 서북 관문인 용천관(龍泉關)을 통과했다.

그들보다 하루 정도 먼저 출발한 창천제 일행이 보낸 전서

구가 시시각각 날아들었고, 이쪽에서도 전서구를 보내 상호 간의 위치와 상황을 주고받았다.

또한 창천제 일행은 구중천주 일행과도 전서구를 교통하여 서로의 상황을 잘 알고 있었다.

전서구에 의하면 구중천주 일행은 오대산 산역을 완전히 벗어났으며, 이미 석령관을 지나 산서성 중심부에 있는 여량산 산역으로 깊숙이 접어들고 있는 중이라고 했다.

다행스러운 점은 구중천주 일행이 천녀황 무리의 추격을 완전히 따돌렸다는 사실이었다.

전력적인 현격한 열세에다, 여러 가지 악조건 속에서, 더구나 창천제의 원군이 당도하기도 전에 천녀황의 끈질긴 추격을 따돌렸으니 기적이라고 말할 수 있을 정도였다.

사실 구중천주 일행은 추격을 뿌리치기 위해서 각고의 노력을 기울였으나 번번이 실패했었다.

그러다가 최후의 수단으로 무리를 반으로 나누어 각기 다른 방향으로 도주하게 하다가, 사흘째에 이르러서는 두 무리를 다시 넷으로 나누어 네 방향으로 도주하도록 했고, 다시 사흘이 지나서는 네 무리를 여덟로 쪼개어 여덟 방향으로 도주하는 계책을 감행했다.

그것은 그렇지 않아도 천녀황보다 전력적인 열세에 있는 구중천주 일행이 스스로를 분산시켜서 자칫하면 자멸을 초래할 수도 있는 위험하기 짝이 없는 방법이었다.

　분할하기 전의 구중천주가 이끄는 구중천 고수와 무림 군웅의 전체 수는 이천여 명에 이르렀었다.

　이천여 명이 한꺼번에 이동하려니 자연히 속도도 느릴뿐더러 아무리 조심을 해도 곳곳에 흔적을 남겨서 추격을 따돌리기가 쉽지 않았었다.

　이천여 명이 한꺼번에 움직일 때에는 한 시진당 이동하는 거리가 겨우 십오 리 정도에 불과했었다. 험준한 산행이라는 점을 감안한다면 결코 느린 속도가 아니었다.

　그러는 와중에도 무리의 후미는 이따금씩 바짝 간격을 좁혀온 천외무적군의 선두 추격자들을 물리치기 위해서 치열한 싸움을 벌여야만 했었고, 그사이에 선두가 부리나케 도주하는 고육지책을 거듭할 수밖에 없었다.

　그러나 이천여 명을 두 무리로 나누자 한 시진당 이동 거리가 이십여 리로 빨라졌으며, 넷으로 나누었을 때에는 이십오 리, 여덟로 나누자 한 시진당 삼십여 리라는 놀라운 속도로 이동할 수가 있었다.

　천녀황이 이끄는 천외무적군의 정확한 수는 파악되지 않았지만, 대략 구중천주가 이끄는 무리의 세 배 정도인 것으로 추정하고 있었다.

　이천의 세 배면 무려 육천이다. 그 정도의 대군(大軍)이라면 한 시진에 삼십여 리씩이나 빠르게 도주하는 무리를 도저히 따라잡을 수 없었을 것이다.

그래서 결국은 그 방법이 먹혀든 것이었다.

천녀황 무리는 깊은 산중에서 우왕좌왕하다가 보름째에
이르러서는 구중천주가 이끄는 여덟 무리를 완전히 놓쳐 버
리고 말았다.

더구나 구중천주가 이끄는 여덟 무리는 사전에 약속한대
로 천외무적군을 완전히 따돌렸다는 판단이 내려진 후 차례
차례 본대(本隊)에 합류했다.

그렇게 해서 천외무적군의 추격을 완전히 따돌린 여덟 무
리는 다시 보름 전처럼 하나로 합쳐져서 여량산 북단에 이른
것이다.

第八十章

산행(山行)

용천관을 통과하여 오대산 지경으로 들어선 화무린 일행 오백여 명은 구중천주가 있는 여량산 쪽 서남향으로 방향을 잡고 반나절 동안 전력으로 이동한 후 밤이 되자 이틀 만에 처음으로 휴식에 들어갔다.

천녀황이 이끄는 천외무적군 본대는 오대산 남쪽 부근에서 남쪽으로 이동하고 있다는 첩보가 있었다.

그렇다면 그들은 화무린 일행이 있는 곳에서 오백여 리나 멀리 떨어져 있다는 뜻이다.

하지만 매사에 철저한 봉선은 만전을 기하기 위해서 불도 피우지 못하게 했으며, 오백여 명이 오십 명씩 열 개의 소단 위로 나누어 일정한 방위에 따라 은밀한 장소를 택해 꿀맛 같은 휴식을 취했다.

화무린은 세 차례의 연이은 운공을 끝내고 한 그루 나무에 기대어 밤하늘을 올려다보고 있었다.

기다렸다는 듯이 야공에 떠 있는 반월에 소군의 아름다운 모습이 새겨졌다.

불사이자사(不思而自思).

소군에 대한 것이라면 생각하지 않으려고 아무리 애를 써도 저절로 떠올랐다.

그녀와 함께 있을 때에도 열렬히 사랑했었지만, 막상 헤어지게 되자 화무린은 자신이 생각하고 있던 것보다 훨씬 더 그녀를 사랑하고 있다는 사실을 깨달았다.

소군이 너무나도 그리워서 숨을 쉬는 것조차 어려울 지경이었다.

'군아……'

화무린이 가슴 시린 슬픔에 잠겨 있을 때, 뒤에서 누군가 다가오는 기척이 느껴졌다.

뒤돌아보니 봉선이 다가오고 있었다.

"무린아."

그녀는 이제 자연스럽게 화무린의 이름을 불렀다.

"네."

봉선은 화무린과 나란히 서서 반월을 바라보며 고즈넉이 입을 열었다.

"그러고 보니 너에게 구명지은을 입었으면서도 아직 고맙다는 말을 하지 못했구나."

"별말씀을."

화무린 역시 봉선에게 기묘한 감정을 품고 있었다. 은겸에게 그녀의 나이가 팔십여 세에 이른다는 말을 듣고 난 후에도 그 감정은 사라지지 않았다.

이성에게 느끼는 그런 것은 아닌데 대체 그것이 무엇인지 알 수가 없었다.

그랬었는데, 그녀의 젖가슴 위에서 정신을 차린 직후에야 그 감정의 실체를 확연히 깨달았다.

화무린은 그동안 봉선을 대하면서 막연하게나마 어머니의 모습을 그리워하고 있었던 것이다.

이제 그는 봉선을 거의 어머니로서 받아들이고 있었다.

그는 친어머니가 얼마 전에 친누나인 화여옥, 아니, 혈옥녀에게 무참한 죽임을 당했다는 사실을 알게 되었다.

하지만 그 친어머니는 너무 멀리 그리고 오랫동안 화무린과 떨어져 있었다.

친어머니가 돌아가셨다는 사실은 화무린에게 그 무엇과도 비할 데 없는 슬픔과 충격을 안겨주었다.

그리고 일곱 살 때부터 지금까지 십삼 년 동안 느껴보지 못했던 어머니에 대한 모정을 더욱 그리워하게 만들었다.

어쩌면 그것이 봉선을 어머니로 받아들이는 데에 결정적인 역할을 한 것 같았다.

"네가 아니었으면 나는 죽었을 거야. 언제든 죽는 것은 각오하고 있지만, 아직 할 일이 너무 많아서 쉽사리 저승의 문턱을 넘지 못하는 것 같구나. 더구나 그때 죽었더라면 너무 억울했을 거야."

"뭐가 억울한가요?"

봉선은 자신보다 머리 하나는 더 크고 몸은 두 배나 더 굵직한 화무린의 팔을 두 손으로 잡고 그의 어깨에 뺨을 기대며 눈을 감았다.

"이렇게 늠름하고 멋진 아들을 얻지 못했을 테니, 얼마나 억울했겠니?"

두 사람이 서로를 아들처럼, 어머니처럼 대하고는 있지만 아직까지는 어머니라고, 아들이라고 입 밖에 꺼낸 적이 없었는데 봉선이 무의식중에 자신도 모르게 '아들'이라고 말해버리고 말았다.

그러나 봉선도 화무린도 별다른 거부감을 느끼지 못했다. 오히려 그 말이 더 살갑게 여겨졌다.

"사실은 은 숙부 때문에 어머니를 치료한 거였어요."

그 화답으로 화무린도 봉선을 어머니라고 불렀다. 가슴이 쿵쾅거리고 얼굴이 화끈거렸지만 말해놓고 보니까 봉선하고의 사이가 더 가까워진 것 같아서 가슴이 뿌듯했다.

봉선은 화무린의 어깨에 뺨을 기댄 자세로 소리없이 눈물을 흘리고 있었다.

자신의 배가 아파서 낳지도, 그렇다고 어려서부터 키운 것도 아니지만 마치 전생에서부터 모자간이었던 것 같은 느낌이 들었다.

"은겸님 때문이라니?"

봉선은 우는 것을 들키지 않으려고 떨리는 목소리를 자제하며 조심스레 물었다.

"은 숙부가 어머니를 살려내라고 애원을, 아니, 협박을 했습니다. 그때는 어머니를 치료하지 않으면 저를 죽일 것 같았다니까요."

"은겸님이……."

화무린의 말은 사실일 것이다. 그러나 그에게 봉선을 치료할 마음이 아예 없었더라면 그 누가 그의 마음을 돌려놓을 수 있었겠는가.

더구나 그 당시는 담홍예가 도주한 직후여서 즉시 뒤쫓으면 잡을 가능성이 컸었다.

그런데도 화무린은 그것을 포기하고 봉선을 치료했다. 그것은 소군만큼은 아니더라도 그가 봉선을 중요하게 생각했었다는 단적인 증거였다.

화무린과 봉선은 그렇게 한동안 그곳에 나란히 서서 시린

이월(二月)의 반월을 바라보았다.

호천제가 이끄는 오백여 명은 봉선의 계획에 따라서 셋으로 나누어 여량산으로 향하기로 했다.

제일대는 호천제가 지휘하고, 이대는 봉선, 삼대는 무아 선사와 철심협개가 이끌었으며 각 대의 인원은 백오륙십 명으로 나누었다.

구중천 고수들 전부는 일대와 이대에 소속됐으며, 삼대는 무림 군웅으로만 이루어졌다.

오백여 명 중에서 무림 군웅이 사백여 명이나 됐기 때문에 일대와 이대에는 구중천 고수와 무림 군웅이 섞여서 각 백칠십 명씩 배치됐지만, 삼대는 백육십삼 명이 무림 군웅으로만 이루어졌다.

그리고 삼대는 구대문파와 오대세가 고수들이 주축이었다. 그중에서도 소림사와 개방이 칠 할을 차지했다.

삼대에는 '자하악전' 에서 살아남은 소림 고수와 개방 고수가 삼십이 명이 있었다. 그들은 역전의 고수들이라고 해도 과언이 아니었다.

지옥의 혈투라고도 불리는 '자하악전' 에서 살아남은 그들의 몸가짐과 행동, 눈빛은 다른 무림 군웅과 한눈에 구분이 갈 정도로 빈틈이 없고 예리했다.

그밖에 군웅은 안국현에 무아 선사와 철심협개가 있다는

소문을 듣고 달려온 소림 고수와 개방 고수들, 문, 방파를 잃고 떠돌던 고수들, 협의를 불태우기 위해서 한달음에 달려온 고수들이었다.

악소와 당쾌는 삼대에 속했다.

당쾌는 철심협개의 제자라서, 악소는 철심협개가 백부이기 때문에 삼대에 속한 듯했지만, 만약 화무린이 일대나 이대에 있었다면 악소도 두말없이 그곳으로 갔을 것이라는 사실을 당쾌는 잘 알고 있었다.

삼대는 무아 선사와 철심협개가 이끌고 있었다.

하지만 삼대의 실질적인 지휘자가 화무린이라는 사실을 모르는 사람은 아무도 없었다.

무아 선사와 철심협개도 내심 그 사실을 인정하고 있었다.

그렇다고 화무린이 이쪽으로 가자, 저렇게 하자면서 무슨 명령 따위를 내리는 것은 아니었다.

그는 삼대의 가장 선두에서 묵묵히 길을 트면서 방향을 잡고 나아갈 뿐이었다.

그가 선두에 선 것은 지휘를 하려는 것이 아니라 삼대에서 무공이 가장 고강하기 때문에 자청해서 길을 트려는 것뿐이었다.

그런데도 무아 선사와 철심협개는 어떤 결정을 내려야 할 때에는 반드시 화무린의 의견을 물었으며, 그의 말을 전적으로 따랐다.

삼대의 선두는 화무린이, 후미는 무아 선사와 철심협개가 맡아서 달렸다.

당쾌는 사부가 있는 후미 쪽에서 달렸지만, 악소는 선두 대열 화무린의 바로 뒤에서 뒤처지지 않으려고 이를 악문 채 기를 쓰고 달렸다.

화무린은 무아 선사와 철심협개가 의논을 위해서 말을 걸기 전에는 입을 굳게 다문 채 달리기만 했다.

그는 현재 탄영비활을 전개하면서 단 이 할의 공력만을 사용하고 있었다.

탄영비활은 불과 한 움큼의 공력만으로도 수십 리를 갈 수 있으며, 장시간 허공에 체공해 있을 수 있는 절세의 경공이다.

그가 만약 지니고 있는 공력의 절반으로 탄영비활을 전개한다면, 무림 군웅은 두말할 필요도 없을뿐더러, 무아 선사나 철심협개가 전력으로 경공을 전개하는 것보다 최소한 두 배 이상 빠를 터이다.

화무린은 대열과 보조를 맞추기 위해서 천천히 가고 있는데도 불구하고 그를 뒤따르는 사람들은 이미 기진맥진한 상태였다.

더구나 악소는 거의 탈진 상태가 되어 비 오듯이 땀을 흘리는 것은 물론이고, 안색이 백지장처럼 새하얗게 변해 이따금씩 방향을 잃고 휘청거리기까지 했다.

당쾌는 악소가 걱정이 됐지만 함부로 철심협개 곁을 떠날 수가 없어서 극도로 초조한 표정을 지으며 잔뜩 애만 태우고 있을 뿐이었다.

"소아에게 가봐라."

당쾌가 안절부절못하는 것을 뒤에서 지켜본 철심협개가 나직이 전음을 보내자 그는 기다렸다는 듯이 전력으로 악소에게 쏘아갔다.

그가 악소 곁에 당도했을 때 그녀는 마침 휘청거리다가 한 그루 나무와 부딪칠 뻔했다.

당쾌가 제때에 그녀의 팔을 잡아당기지 않았더라면 그녀는 나무와 부딪쳐서 낭패를 당했을 것이 분명했다.

그러나 악소는 오히려 귀찮다는 듯이 당쾌의 손을 뿌리치고는 눈을 사납게 부라리더니 입술을 깨물며 화무린을 뒤따르느라 여념이 없었다.

당쾌가 그녀의 얼굴을 보자 뒤쪽에서 지켜보던 것보다 더 심각한 상태였다.

안색이 밀랍처럼 창백했는데, 마침 그가 쳐다보는 중에 그녀의 한쪽 코에서 새빨간 피가 흘러나오고 있었다. 탈진 이상의 상태가 분명했다.

당쾌는 즉시 주위를 둘러보았다. 악소뿐만이 아니라 다른 무림 군웅이나 소림, 개방 고수들도 쓰러지기 일보 직전인 상태로 간신히 달리고 있었다.

당쾌 자신도 숨이 턱에 차서 머리가 어질어질했으며 토악질이 날 것 같은 상태였다.

'이러다가 사람 잡겠군!'

안 되겠다 싶은 생각이 든 당쾌는 화무린에게 멈추라고 막 소리치려고 했다.

바로 그때 화무린이 즉시 멈추면서 한쪽 손을 슬쩍 치켜들며 모두에게 정지하라는 신호를 보냈다.

그러자 모두들 일제히 신형을 멈추면서 신속하게 근처의 엄폐물에 몸을 숨겼다.

그러나 악소는 정신이 없는 상태라서 멈추라는 신호를 보지 못하고 그냥 달려갔다.

그러자 당쾌가 재빨리 그녀의 팔을 잡고 가까이에 있는 나무 뒤로 숨어들었다.

아무것도 모르는 그녀가 몸부림치는 것을 진정시키느라 당쾌는 애를 먹어야만 했다.

그러나 다섯 사람, 즉 윤학과 경무장의 네 명의 당주는 계속 쏘아가서 멈춰 있는 화무린 곁을 스쳐 지나 전면의 숲 속으로 다섯 개의 흐르는 유성처럼 순식간에 사라져 갔다.

화무린은 아무 말 없이 근처의 나무 그루터기에 걸터앉아 무언가 생각에 잠겼다.

모두들 무슨 일인지 궁금했지만 아무도 입을 열어 화무린에게 묻지 않았다.

다만 화무린이 정지하라고 했을 때에는 전면에 무언가 있다는 뜻일 테고, 경무장의 총관인 윤학과 네 명의 당주가 내처 쏘아져 나갔다면, 그 장애물을 제거하려는 것이라고 추측 정도는 하고 있었다.

화무린이 선두에서 달리다가 뭔가 이상이 있다고 감지할 시에는 즉시 팔을 들어 멈추라는 신호를 해달라고 부탁한 사람은 철심협개였다.

또한 철심협개는 그런 일이 발생할 경우 즉시 근처 엄폐물에 몸을 숨기라고 모두에게 미리 주지시켜 놓았다.

하지만 그런 일이 실제로 벌어진 것은 이번이 처음이다.

삼대에서 화무린을 제외하고는 최고수인 무아 선사와 철심협개마저도 상당히 지쳐서 엄폐물에 몸을 숨긴 직후 거칠어진 숨을 고르고 있는 판국인데, 윤학과 네 명의 당주는 언뜻 보기에도 조금도 지치지 않은 것 같은 모습으로 빠르게 쏘아져 나갔다.

두 사람은 윤학과 네 명의 당주가 화무린이 전음으로 내린 어떤 명령을 수행하러 갔을 것이라고 짐작했다.

일전에 철심협개는 당쾌로부터 은오검객이 경무장주가 됐으며, 얼마 후에 열릴 '북경대회합'에 참석할 것이라는 말을 듣고 은근히 화무린을 기다렸던 적이 있었다.

그러나 기다리는 화무린은 끝내 오지 않고, 총관이라는 윤학이 사십 명의 경무장 무사를 이끌고 당도해서 적잖이 실망

했었다.

그 이후 '묘봉산대혈전' 당시 우연히 철심협개가 이끄는 개방 고수들과 윤학이 이끄는 경무장 무사들이 함께 무리를 이루어 연합해서 천외무적군과 싸우게 됐었다.

평소 철심협개는 경무장에서 경무장주의 무공이 개방의 장로 급 정도일 뿐이고 그 외는 이류 정도라고만 어렴풋이 알고 있었다.

그런데 '묘봉산대혈전'에서 윤학 이하 경무장 무사들이 펄펄 날뛰면서 싸우는 광경을 보고 그런 선입견을 깨끗이 지워 버렸었다.

윤학과 경무장 무사들, 아니, 고수들은 개방의 일류고수에 비해서 조금도 뒤처지지 않은 실력으로 천외무적군과 당당하게 싸워서 철심협개뿐 아니라 많은 사람들을 놀라게 했었던 것이다.

나중에 들은 얘기지만, 경무장주가 된 화무린은 예전에는 장주 혼자만 연마할 수 있었던 경무장의 성명검법인 항룡유운검법을 경무장 제자들이 원하기만 하면 익힐 수 있도록 제도를 크게 개혁했다는 것이다.

그뿐만 아니라, 심지어 윤학과 네 명의 당주에게는 혈객의 파천혈인검까지 아낌없이 전수했다고 전해 들었다. 그러니 비록 단시일이긴 하지만 경무장 고수들이 강해지지 않을 수가 없었다.

또 철심협개는 원래 사십 명이던 경무장 고수가 '묘봉산대혈전'에서 십구 명을, '자하악전'에서 십사 명을 잃고 윤학과 네 명의 당주만이 겨우 살아남았다는 사실을 백학서원에서야 알게 되었다.

경무장 고수들의 정의심은 무림의 어느 명문대파에 뒤지지 않을 정도였다.

철심협개는 반(半)운공만 한 연후에 공력을 끌어올려 주위의 기척을 살폈다.

그 순간 멀리 칠팔 리쯤 떨어진 곳에서 미약한 파공음과 비명 소리가 감지됐다.

그런데 분명히 검이 허공을 가르는 파공음인데 이상하게도 무기끼리 맞부딪치는 소리는 들리지 않았다.

파공음으로 미루어 짐작컨대, 보통 일류고수들의 그것이 아니었다.

파공음은 두 종류였다. 한 종류는 다섯 명이 내는 것으로 파공음만으로도 쾌속하기가 짝이 없다는 것을 알 수 있었고, 또 한 종류의 파공음은 중구난방 어지러웠으며 대략 삼십여 명이 내는 소리였다.

철심협개는 쾌속한 파공음은 윤학과 네 명의 당주가, 어지러운 삼십여 개의 파공음은 천외무적군이 내는 것이라고 판단했다.

그는 내심 적잖이 놀랐다. 필경 화무린은 전면에 있는 천외무적군의 수가 삼십여 명, 아니, 삼십몇 명이라는 것까지도 정확하게 간파했을 것이다.

그런데도 그는 윤학과 네 명의 당주 달랑 다섯 명만을 척살조로 보냈다. 그들만으로도 천외무적군 삼십여 명을 충분히 죽일 수 있다고 확신하지 않고서는 그런 결정을 내리지 못했을 것이다.

더구나 철심협개는 무기끼리 부딪치는 마찰음을 전혀 감지하지 못했다.

그런 현상은 고수와 하수가 싸울 때 흔히 일어난다. 쌍방이 비슷한 수준이어야 싸우는 과정에서 무기끼리 부딪치는데, 고수는 하수와 손속을 나눌 필요도 없이 그저 일검 혹은 이검에 찌르거나 베어서 죽이기만 하면 되기 때문이다.

철심협개가 청력을 돋우고 있는 중에도 두 종류의 파공음과 끊어지지 않는 비명성이 계속 들려오고 있었다.

그래서 그는 윤학과 네 명의 당주가 '자하악전' 때보다 훨씬 고강해졌다는 사실을 알게 됐다.

자고로 명장(名將) 아래에 약졸(弱卒)이 없다는 옛말은 과연 옳았다.

과거에 경무장은 하북성 시골 고안현의 우물 안 개구리 같은 작은 방파에 불과했었다.

그러나 화무린이라는 명장을 장주로 모신 이후로는 하루가 다르게 발전하고 있으며, 그 끝이 얼마나 높을지는 아무도 예측하지 못할 것이다.

문득 철심협개는 무아 선사를 쳐다보았다. 무아 선사의 얼굴에도 적잖이 놀라는 표정이 떠올라 있는 것으로 미루어, 그 역시 철심협개와 같은 것을 감지하고는 같은 생각을 하고 있는 것이 분명했다.

형세 판단을 마친 철심협개는 공력을 거두고 시선을 화무린에게 던졌다.

열 번 백 번을 다시 봐도 감탄밖에는 나오지 않는 헌앙한 청년이었다.

그는 무엇 하나 흠잡을 데가 없었다. 인물이면 인물, 무공이면 무공, 두뇌면 두뇌, 덕목이면 덕목, 모든 것이 완벽함 그 자체였다.

더구나 무슨 영문인지는 모르겠지만, 구중천의 천제들인 창천제와 호천제, 그리고 구중천주의 좌호법인 봉선조차도 화무린을 함부로 대하지 않는다. 아니, 오히려 그들이 화무린을 어려워하는 듯한 분위기를 철심협개는 느꼈었다.

'신비하기 짝이 없는 청년이야……!'

철심협개는 그동안 화무린을 보면서 수백 번은 더 했을 감탄을 한 번 더 할 수밖에 없었다.

그러나 그는 꿈에도 모를 것이다.

오래전, 개방의 장로 한 명이 북경에서 잃어버렸던 주자운을 빈민가의 어느 집에서 찾아오면서 주자운의 얼굴을 봤다는 이유만으로 그 집에 있던 사람들을 모조리 죽이라고 명령했었던 일을.

그때 그 집안에는 화무린과 현조, 함도 등이 있었다.

만약 그때 화무린이 서둘지 않았었다면, 그들 모두는 이유도 모른 채 개방 고수들에게 죽임을 당했을 것이고 지금의 은오검객은 존재하지 않았을 것이다.

그렇게 운명은 기척도 없이 사람들 곁을 스쳐 가고 또 다가오기 마련이다.

그때 화무린이 일어서며 한쪽 팔을 들었다. 다시 출발한다는 신호였다.

역시 화무린이 선두로 쏘아갔고, 모두들 원래의 대오를 이룬 채 그 뒤를 따랐다.

급경사를 이룬 가파른 언덕을 반 각쯤 쏘아 내려갔을 때 전면 계곡 바닥에 윤학과 네 명의 당주가 우뚝 서 있는 모습이 보였다.

화무린을 발견한 윤학 등은 즉시 대열에 합류하여 원래의 위치인 중간으로 섞여든 후 속도를 맞추어 달렸다.

그때 사람들은 보았다, 오른쪽 계곡 바닥에 삼십여 구의 시체가 어지럽게 쓰러져 있는 광경을.

모두의 눈이 화등잔처럼 휘둥그레졌다.

얼굴에 떠오른 것은 경악지색. 그리고 약속이나 한 것처럼 입을 딱 벌렸다.

철심협개는 시체들을 재빨리 살펴보았다. 예상했던 대로 역시 천외무적군이었다. 투번고수가 이십오 명, 서열 십구위인 번조장이 세 명, 십팔위 번수장과 십칠위 번당이 각 한 명씩이었다.

전부 투번고수들만 있는 것도 아니고 번조장과 번수장, 번당까지 포함되어 있는 삼십여 명, 아니, 정확히 삼십이 명을 윤학 등 불과 다섯 명이 반 각 남짓만에 모조리 해치운 것이었다.

윤학과 네 명의 당주는 철심협개가 짐작했던 것보다 훨씬 더 강해져 있었다.

철심협개는 '묘봉산대혈전'과 '자하악전'에서 그들이 싸우는 광경을 지켜봤었다.

그런데 지금 천외무적군 삼십이 명을 다섯 명이 불과 반 각만에 죽인 것을 보면 그들은 예전보다 세 배 이상 강해진 것이 분명했다.

그래서 추측하건대 백학서원에서 머무는 이십여 일 동안에 화무린이 그들 다섯 명에게 무언가 큰 은혜를 베푼 것이 틀림없었다.

하여튼 화무린은 여러 면에서 놀라운, 아니, 짐작도 할 수 없을 정도의 경세적인 인물이었다.

'이건 정말……'

삼십이 명의 천외무적군을 죽인 것은 윤학과 네 당주지만,

철심협개를 비롯한 삼대의 고수들은 모두들 화무린을 경이로운 시선으로 쳐다보았다, 평범한 윤학과 네 당주를 저토록 강하게 만든 사람이 바로 화무린이었으므로.

죽은 천외무적군은 천녀황 본대가 각 방향으로 보낸 정탐조(偵探組)인 것 같았다.

천녀황 본대는 구중천주를 찾아내려고 아마도 그런 정탐조를 수십 군데로 보냈을 것이다.

삼대가 이백여 리 정도 이동했을 때 화무린은 네 번째 정지하면서 팔을 치켜들었다.

지난 세 번 동안 정지하면서 윤학과 네 당주는 도합 구십팔 명의 천외무적군을 죽였다.

윤학 등 다섯 명이 한꺼번에 구십팔 명의 천외무적군을 상대했다면 고전을 했을지도 모르겠지만, 세 번에 나누어 상대했기 때문에 수월하게 처치할 수 있었다.

이백여 리를 이동하는 동안 세 번씩이나 천외무적군 정탐조를 발견했다는 것은 예상하지 못했던 일이었다.

정탐이란 무엇, 혹은 누군가를 찾아내려는 것이 목적이다.

그리고 이 산중에서 천외무적군 정탐조가 찾아낼 것은 구중천주 일행밖에 없을 터.

그렇다면 천녀황은 아직도 구중천주를 포기하지 않았다는 말인가?

화무린은 팔을 치켜들고 정지할 때마다 다른 사람은 보내지 않고 윤학과 네 명의 당주만 보냈다.

물론 그들 다섯 명이 철심협개와 무아 선사를 제외한 삼대의 누구보다도 강하다는 사실이 이유일 수도 있겠지만, 철심협개와 무아 선사는 또 다른 이유를 추측해 냈다.

화무린은 그들 다섯 명에게 실전의 경험을 쌓게 해주려는 의도를 갖고 있는 것 같았다.

어쩌면 그는 백학서원에서 윤학 등 다섯 명에게 새로운 무공을 전수했을 수도 있다.

그래서 그 수법을 몸에 익히게 하려고 자꾸 그들만 보내는 것이라는 추측도 가능했다.

그런데 이번 다섯 번째에는 윤학과 네 명의 당주가 제자리를 지키고 있었다.

이번에는 그들도 삼대의 다른 고수들처럼 엄폐물을 찾아 몸을 숨겼다.

그것은 화무린으로부터 아무런 명령도 받지 않았다는 뜻이었다.

화무린 혼자 선두의 한 그루 나무 옆에 서서 전면을 주시하고 있었다.

그렇다고 무엇인가를 보고 있는 것이 아니라 공력으로 한쪽 방향의 먼 곳에 있는 무엇인가를 감지하고 있다는 사실을 모두 짐작할 수 있었다.

“더 완벽하게 은둔한 채 내가 돌아오기를 기다리시오.”

그때 화무린이 무아 선사와 철심협개에게 그런 전음을 남기고 전면을 향해 빛과 같은 속도로 쏘아갔다.

무아 선사와 철심협개의 대답을 기다리지도 않았다.

두 사람이 화무린의 모습을 찾으려고 했을 때에는 그의 모습은 이미 보이지 않았다.

두 사람뿐 아니라 모두들 무슨 일인지 궁금했지만, 지금으로써는 그가 돌아올 때까지 기다리는 수밖에 없었다.

第八十一章

아아! 누나!

화무린은 눈을 약간 크게 떴다. 단지 그것뿐, 표정은 변하지 않았다.

무공과 공력이 높아지면 더불어서 수양심도 깊어진다.

예전의 그였으면 지금 눈앞에 벌어져 있는 광경을 발견하고는 적잖이 놀라는 표정을 지었을지도 모른다.

지금 그가 눈을 약간 크게 뜬 것은 눈앞에 꽤나 놀라운 일이 벌어져 있다는 뜻이었다.

지금 그가 숨어든 덩굴이 있는 곳에서 이 장 전면에는 공지가 형성되어 있었다.

그곳에 얼마인지 모를 고수들이 운집해 있었다. 낯익은 천외무적군의 복장이었다.

높은 곳에서 굽어보면 어림짐작이라도 천외무적군의 전체적인 규모를 알 수 있을 것이다.

하지만 지금처럼 덩굴 속에서 더구나 그들보다 낮은 자세로는 앞쪽에 있는 자들만 보였기 때문에 대체 얼마나 많은 천외무적군이 모여 있는지 짐작조차 하기가 어려웠다.

앞쪽에 있는 자들은 투번고수인데 몸의 왼편을 화무린 쪽으로 보인 채 한쪽 방향으로 질서있게 앉아서 운공을 하고 있는 모습이었다.

눈앞에 보이는 것은 단지 수십 명뿐이지만, 그들 너머에 나무가 보이지 않았기 때문에 공지가 훨씬 더 넓을 것이고, 그러므로 더 많은 천외무적군이 있을 것이라고 짐작할 수 있는 상황이었다.

화무린은 그들의 앞쪽으로 시선을 옮겼다. 덩굴과 나무에 가려서 잘 보이지 않았지만, 앞쪽 십여 장까지도 투번고수들이 같은 자세에 같은 방향을 향해 앉아서 운공을 하고 있는 모습을 확인할 수 있었다.

그들은 대오를 맞춰서 질서정연하게 앉아 있었으며, 화무린이 있는 덩굴 속에서는 공터의 가장자리에서 서너 줄 정도까지만 보였다.

일단 그렇게만 쳐도 화무린의 시야 안에 족히 백오륙십 명이 앉아 있다는 계산이 나온다.

화무린은 공력을 끌어올려 청력을 극대화시켰다. 그러나 숨소리를 오백여 명까지 세다가 그만두었다.

숨소리를 하나하나 세다가는 전체 규모를 파악하기도 전에 인내심의 한계를 느껴 속이 터져 버릴 것만 같았다.

그는 조금 전에 삼대의 선두에서 달리던 중에 전면 십오 리 지점에서 흡사 거대한 강물이 도도하게 흐르는 듯한 소리를 감지했었다.

그 순간 화무린은 전면에 최소한 수천 명의 고수들이 한꺼번에 이동하고 있다는 판단을 내렸다.

그래서 즉시 삼대를 멈추게 하고 그 자리에 은둔시킨 후에 소리의 진원지인 이곳으로 달려온 것이었다.

그가 감지한 것은 거대한 무리가 이동하는 소리였는데, 그 사이에 무리는 이곳에 정지하여 휴식을 취하고 있었다.

그러나 정작 화무린은 천외무적군의 이 장 근처까지 접근했으면서도 지형적인 장애 때문에 그들의 규모가 대체 어느 정도인지 파악할 수 없으니 답답하기 짝이 없었다.

결국 그는 모험을 시도하기로 했다. 뱀의 꼬리만 봐서는 그것이 얼마나 큰지, 또는 독이 있는지 없는지도 알 수가 없다. 눈으로 확인을 해야만 했다.

그는 최대한 조심을 하면서 덩굴 밖으로 나왔다. 이 장 전면에 있는 투번고수들은 운공 중이므로 그를 발견하지 못할 것이다.

눈으로 직접 보지 못하고서는 기척만으로는 절대 투번고수 정도에게 감지 당할 화무린이 아니었다.

그는 재빨리 주위를 둘러보다가 가까운 곳에 있는 가장 높은 나무로 소리없이 날아올랐다.

문제는 한겨울이라서 나무에 마른 나뭇가지뿐이라 그의 몸을 가려줄 엄폐물이 전혀 없다는 사실이었다.

기척은 내지 않을 자신이 있지만, 눈으로 발견되는 것까지야 어쩔 도리가 없다.

눈 깜짝할 사이에 그는 지상에서 팔 장 높이의 나무 꼭대기 조금 못 미치는 곳의 나뭇가지에 사뿐히 올라섰다.

그가 딛고 서 있는 나뭇가지는 새끼손가락보다 가늘었으며, 그의 몸을 가려주는 것은 고작 팔뚝 굵기에 키 높이 정도의 나무뿐이었다.

"……!"

아래를 굽어보는 순간 그는 자신도 모르게 입이 딱 벌어지고 말았다.

공지는 그가 짐작하고 있던 것보다 몇 배나 더 거대했다. 폭이 칠십여 장, 길이가 이백여 장에 이르는 숲 가운데의 초원 지대였다.

그곳에 천외무적군이 가득, 그리고 빼곡하게 한쪽 방향으로 앉아 있었다.

화무린은 태어나서 이렇게 많은 사람들이 한꺼번에 모여

있는 광경을 본 적이 없었다.

곧 정신을 수습한 그는 천외무적군의 수를 대충 세어보기 시작했다.

그리고는 다시 한 번 놀랐다.

어림잡아도 그 수가 족히 일만이 넘었던 것이다.

문득 그는 이상한 생각이 들었다.

얼마 전에 구중천주 일행이 보내온 전서구의 내용에 의하면, 그들은 천녀황이 이끄는 천외무적군을 완전히 따돌렸다고 했었다.

그렇다면 천녀황이 취할 수 있는 선택은 두 가지일 것이다. 철수를 하던가, 아니면 구중천주를 찾아내기 위해서 대대적인 수색을 벌이던가.

그런데 지금 화무린이 보고 있는 물경 일만 명의 천외무적군은 수색이나 철수를 하려는 것이 아닌 듯했다.

수색을 하려면 이삼십 명이 조를 이루어 넓은 지역에 멀리 퍼져서 이 잡듯이 훑는 것이 상식이다.

화무린이 오늘 세 번 발견하여 윤학 등을 시켜서 죽인 자들은 모두 이 근처, 그러니까 이들 본대의 백여 리 이내에서 발견했다.

만약 화무린의 삼대와 이들 본대가 같은 방향으로 이동하는 중이었다면, 그들 천외무적군 세 개의 조(組)는 백여 리보다 훨씬 가까운 수십 리 이내에서 발견된 것일 수도 있다.

그러므로 그들은 구중천주를 찾아내려는 수색조라기보다
는 이들 일만여 명의 천외무적군이 누군가에게 발견되지 못
하도록 하려는 경계조의 성격을 띠고 있는 것이라고 해석해
야 마땅할 것이다.

또한 이들 일만의 천외무적군이 철수를 하고 있는 중이라
고도 보기 어려웠다.

천녀황이 구중천주 일행을 완전히 잃어버린 것은 오대산
산역에서였으며, 이미 열흘 전의 일이었다.

그래도 미련이 남아서 사나흘 더 수색을 한 이후에 철수를
결정했다고 해도 시간적으로 지금쯤은 천외무적군이 오대산
을 완전히 벗어났어야만 한다.

더구나 이곳은 오대산과 여량산의 접경 지역이다. 아니, 여
량산 쪽에 더 가깝다.

'여량산에 가깝다?'

순간 화무린의 머리를 퍼뜩 스치는 것이 있었다.

만약 천녀황이 구중천주 일행을 놓친 것이 아니라면?

전혀 엉뚱한 비약을 해보았다.

구중천주와 그 주세력을 괴멸시키는 것이 천녀황의 최대
목표라는 것과 그렇기 때문에 천녀황 본인이 직접 나섰다는
사실까지 감안한다면, 그녀는 너무 쉽게 구중천주 일행을 놓
쳐 버린 경향이 있었다.

'어쩌면 천녀황은 구중천주를 놓친 것이 아닐 수도 있다.'

엉뚱한 비약이 현실이 되고 있었다.

거기까지 생각이 미친 화무린은 잇달아 떠오른 어떤 생각 때문에 입 안에 침이 바짝 말랐다.

'만약 구중천주를 놓친 것처럼 보이기 위해서 일부러 위장을 한 것이라면?'

그럴 가능성도 있다. 아니, 농후했다.

위장을 했다면 반드시 목적이 있을 것이다.

또한 위장을 했다는 것은 그 당시에 구중천주 일행을 깡그리 전멸시킬 수도 있었는데 일부러 그러지 않았다는 뜻이기도 하다.

만약 천녀황이 그보다 더 큰 목적을 품고 있다면 능히 그럴 수도 있었을 것이다.

'더 큰 목적이라면…….'

구중천주와 그가 이끄는 주력(主力)을 전멸시키는 것보다 더 큰 목적이 과연 무엇이겠는가?

'이런…….'

무슨 생각이 떠올랐는지 화무린의 얼굴에 적잖이 놀라는 표정이 떠올랐다.

'함정이다! 구중천과 천중인계 전체를 괴멸시키려는!'

분명했다. 그것 외에는 구중천주보다 더 큰 목적이 있을 수가 없었다.

믿을 수 없는 일이지만, 구중천주는 미끼였다.

구중천주가 오대산에서 천녀황에게 쫓기고 있다는 소문은 천하에 파다하게 퍼진 상황이었다.

현재 구중천주를 구하겠다고 창천제와 호천제, 봉선이 구중천 고수들과 무림 군웅 삼천여 명을 이끌고 이곳으로 달려왔다. 화무린도 그중에 한 명이다.

더구나 구중천주를 구하겠다고 떠난 무리는 창천제 일행만이 아닐 것이다.

만약 이것이 함정이 분명하다면, 천녀황은 실로 무시무시한 음모를 꾸미고 있는 것이다.

창천제의 말에 의하면 '묘봉산대혈전'에서 구중천의 아홉 명의 천제 중에서 염천제(炎天帝)와 유천제(幽天第), 양천제(陽天帝)가 죽임을 당했다고 했다.

그리고 지금 현재 구중천주 곁에 있는 천제는 현천제 한 명뿐이고, 우호법 용장과 팔부중(八部衆) 중에서 금비라 은겸을 제외한 칠부중(七部衆)이 있다고 했다.

창천제와 호천제는 지금 구중천주에게 달려가고 있는 중이다.

하루 일찍 출발한 창천제는 이미 구중천주와 합류했는지도 모른다.

구중천주가 천녀황에게 쫓기고 있다는 소문이 천하에 파다한 상황인데, 나머지 변천제(變天帝)와 주천제(朱天帝)가 그것을 듣지 못했을 리가 없다.

그렇다면 십중팔구 그들 역시 규합할 수 있는 모든 세력을 이끌고 이곳으로 달려오고 있거나 이미 구중천주와 합류했을 가능성이 크다.

그렇게 되면 머지않아서 구중천의 살아 있는 육천제(六天帝)가 모두 이곳에 모이게 되는 셈이다.

그뿐 아니라 좌우호법인 용장봉선과 팔부중, 선천고수 등 구중천의 전 세력이 이곳에 집결해 있을 터이다.

또한 천하 곳곳에서 구대문파, 오대세가의 수장들을 중심으로 뭉친 무림 군웅이 거대한 세력을 이루어 이곳으로 속속 모여들고 있을 것이다.

다시 말해서 현재 여량산에는 천상성계와 천중인계의 전 세력이 전부 모여 있고, 그들을 괴멸시키려는 천외신계가 집결해 있다.

삼천계 모두가 이곳에 운집해 있는 것이다.

화무린은 몸속의 피가 빠르게 흐르고 있는 것을 느꼈다.

부모의 원수를 갚는 것 외에는 아무것도 관심이 없다고 철썩같이 믿고 있던 그가 자신도 느끼지 못하는 사이에 변화하고 있었다.

이곳에서 또다시 삼천쟁이 발발하여 천상성계와 천중인계가 전멸을 한다면 천하는 어떻게 되겠는가?

만약 지금 화무린이 추측하고 있는 것이 정말 천녀황이 꾸미고 있는 음모가 분명하다면, 그 사실을 알고 있는 사람은 천외신계 인물들을 빼고는 화무린 한 사람뿐일 것이다.

이런 상황에서 어찌 부모의 원수 외에는 내 알 바가 아니라고 도외시할 수 있겠는가?

그것은 협의나 정의를 떠나서 인간의 도리가 아닌 것이다.

화무린은 바짝 긴장하여 공지의 천외무적군 가장 앞쪽을 쳐다보았다.

그가 있는 곳에서 백이십여 장이 넘는 거리였지만 그곳에 누가 있는지 알아보는 것은 어려운 일이 아니었다.

대열의 가장 앞줄에서 삼 장 거리에 열 명이 모여 있었다.

그들 중에서 한 명만이 앉아 있었으며 아홉 명은 서 있었다. 좀 더 정확하게 설명하자면 아홉 명은 앉아 있는 한 명 주위에 시립해 있는 듯한 자세였다.

앉아 있는 사람은 붉은 옷을 입었는데, 서 있는 옆 사람에게 가려서 상체가 보이지 않았다.

아래쪽만 약간 보였으며 붉은 치마를 입은 것으로 미루어 여자인 듯했다.

그들 열 명이 이곳에 운집해 있는 일만여 천외무적군의 지휘자들일 것이다.

그중에서도 앉아 있는 여자가 총지휘자인 듯했다.

화무린은 그녀가 혹시 천녀황이 아닐까 해서 얼굴을 보려고 뚫어지게 주시했지만, 그녀의 상체를 가리고 있는 자가 좀처럼 비켜주질 않아서 확인을 할 수가 없었다.

서 있는 아홉 명은 화무린으로서는 당연히 처음 보는 얼굴
들이었다.

앉아 있는 여자의 뒤에는 비단으로 만든 옥색 경장을 입은
한 여자가 서 있었다.

그리고 양쪽에는 흑포와 청포를 입은 중년인 두 명이 서 있
었으며, 나머지 여섯 명은 앉아 있는 여자의 앞쪽에 멀찌감치
허리를 굽힌 자세로 서 있었다.

그로 미루어 뒤에 서 있는 옥의녀가 앉아 있는 여자의 최측
근이며, 양쪽의 흑포, 청포인이 그다음 측근이며, 거리를 두
고 있는 자들은 그들 세 명보다 서열이 아래라는 것을 짐작할
수 있었다.

바로 그때 화무린의 시야를 가리고 있던 청포인이 옥의녀
를 향해 공손히 허리를 굽혀 보인 후에 걸음을 옮겨 대열 쪽
으로 걸어갔다.

그러자 앉아 있는 여자의 모습이 한눈에 들어왔다.

"아……."

순간 화무린은 극도로 경악하여 자신도 모르게 낮은 탄성
을 터뜨리고 말았다.

그의 두 눈은 찢어질 듯이 부릅떠졌고, 입은 크게 벌어졌으
며, 얼굴에는 태어나서 처음 짓는 극도의 경악지색이 떠올랐
다.

'누님!'

그렇다. 앉아 있는 여자는 다름 아닌 화무린의 누나 화여옥이었다.

아니, 혈옥녀였다.

화무린은 눈도 깜빡이지 않고 화여옥을 뚫어지게 주시했다.

그녀의 얼굴은 화무린이 마지막으로 봤던 십삼 년 전과 조금도 변함이 없었다.

지금 화여옥의 나이는 삼십 세다. 그런데도 십칠 세 때의 모습을 고스란히 유지하고 있었다. 아니, 변한 것이 있었다. 예전의 화여옥은 지나칠 정도로 수줍음이 많고 마음이 여린 소녀였다. 그래서 눈물도 많았으며 조그만 일에도 곧잘 얼굴이 홍시처럼 빨개지곤 했었다.

그런데 지금 화무린이 보고 있는 화여옥은 얼굴에 한 겹의 빙막(氷膜)이 씌워져 있는 것처럼 싸늘하기 이를 데 없는 모습이었다.

싸늘한 정도가 아니라 보고만 있어도 으스스 한기가 들 정도였다.

그때 화여옥이 천천히 고개를 돌렸다.

그리고는 똑바로 화무린을 쳐다보았다.

“…….”

화무린은 그녀가 자신을 쳐다보고 있다는 사실을 깨닫고 움찔 몸을 떨었다.

방금 전에 그는 화여옥을 발견하고서 놀라 부지중에 나직한 탄성을 흘리고 말았다.

워낙 미약한 소리라서 아무도 감지하지 못했지만 백이십여 장 거리에 있는 화여옥은 그 소리를 감지한 것이었다.

'누님…….'

이 순간의 화무린은 화여옥을 그저 엄마처럼 온화하고 정다웠던 누나로만 생각했다.

그리고 그녀와 정면으로 얼굴과 시선이 마주치자 반갑고 기쁜 마음만 들었다.

그러나 화여옥은 갑자기 앉은 자세에서 화무린을 향해 똑바로 쏘아왔다.

그녀는 화여옥이 아니라 혈옥녀인 것이다.

옥의녀, 즉 천신녀 설영은 앉아 있던 혈옥녀가 갑자기 한쪽 방향으로 비스듬히 쏘아져 가자 의아한 표정으로 그녀를 쳐다보았다.

그러다가 혈옥녀가 쏘아져 가고 있는 방향의 끝 한 그루 나무 위에 서 있는 한 명의 청년을 발견했다.

그 순간 설영은 심장이 쪼개지는 듯한 충격을 받았다.

'동방운!'

그녀는 너무 놀라서 안색이 해쓱하게 변하며 가볍게 비틀거렸다.

그러나 다음 순간 그녀는 자신이 알고 있는 천상성계의 성
존 동방운은 십삼 년 전에 북경의 천화장에서 언니 천녀황이
보낸 여덟 명, 즉 무쌍신과 육천군에 의해 죽었다는 사실을
기억해 냈다.

'아! 설마…….'

그녀가 보고 첫눈에 동방운이라고 착각할 만한 사람은 천
하에 단 한 명뿐일 것이다.

다음 순간 설영은 가슴이 철렁 내려앉았다.

'화무린!'

혈옥녀는 이미 화무린이 있는 곳까지 백이십여 장 거리를
절반 이상 쏘아간 상태였다.

앉은 자세에서 곧장 신형을 날려 한 번도 땅을 딛지 않은
채 쏘아가는 신기 중에 신기의 경공이었다.

그녀뿐이 아니라 그녀가 신형을 날리는 것을 보고 좌우에
있던 두 명, 즉 육천군의 둘째인 벽력군(霹靂君)과 넷째인 풍
사군(風師君)이 즉시 그녀의 뒤를 따랐으며, 앞쪽에 시립해 있
던 천외신계 서열 오위인 이십사존의 여섯 명이 줄줄이 그 뒤
를 이어 쏘아가고 있었다.

설영은 급히 화무린을 바라보았다. 그의 얼굴에 더할 수 없
는 반가움과 기쁨이 가득 떠올라 있는 것이 선명하게 보였다.

'아뿔싸!'

설영은 너무 큰 충격을 받고 몸이 휘청거렸다.

지금 화무린은 오래전에 헤어진 친누나를 다시 만나 그저 반가워할 뿐인 것이다.

'저 아이가 은오검객이라고 하던데, 혹시 여옥이 혈옥녀라는 사실을 모르고 있는 것이 아닐까?'

그렇게 내심으로 중얼거리던 설영은 번뜩 한 가지 사실을 깨달았다.

화무린이 자신의 친누나가 마녀가 된 사실을 알고 있다 하더라도, 지금은 그것에 대한 경계심보다는 누나를, 혈육을 다시 만난 반가움이 더 클 것이다. 필경 그래서 경계심을 잠시 망각했을 것이다.

순간 설영은 힘껏 땅을 박차면서 화무린이 있는 방향으로 신형을 날렸다.

그녀는 은오검객이 제아무리 고강하다고 해도 혈옥녀의 적수가 될 수는 없다고 판단했다.

심지를 잃어버린 혈옥녀는 친동생을 알아보지 못하고 죽일 것이다.

친어머니마저 처참하게 죽인 그녀가 친동생인들 죽이지 못하겠는가.

쏘아가고 있는 설영의 마음은 다급하기 이를 데 없었다.

오십여 년 전에 성존 동방운은 천녀황의 친동생인 설란과 사랑에 빠져서 혼인을 했고 은거하여 자식을 낳아 일가를 이루고 살았다.

그런데 천녀황이 무쌍신과 육천군에게 명령하여 기어코 그들을 찾아내 동방운을 죽이고 설란과 화여옥을 납치하여 그들 가족의 단란함을 일거에 깨뜨려 버렸다.

일의 전말이야 어찌 됐든, 친동생의 남편이면 제부(弟夫)다. 천녀황은 제부를 죽인 것이다.

그리고는 질녀인 화여옥을 시켜 그녀의 친어머니며 자신의 친동생인 설란을 죽였다.

천인공노할 일이 아닐 수 없다.

그런데 이제는 친누나가 남동생을 죽이려 하고 있다.

패륜도 이런 패륜이 없을 것이다.

어찌하여 단란했던 일가가 처형에 의해서, 그리고 가족이 이성을 잃은 딸인 누나에 의해서 풍비박산되어야 한다는 말인가.

설영은 할 수만 있다면 자신의 목숨을 던져서라도 이 참극을 막아야 한다고 결심했다.

"멈춰라!"

가장 늦게 신형을 날린 설영은 앞서 쏘아가고 있는 자들을 향해 전음으로 일성을 터뜨렸다.

벽력군과 풍사군, 여섯 명의 육존이 허공중에서 신형을 멈추며 설영을 돌아보았다.

"물러나라!"

설영은 재차 전음으로 일성을 터뜨렸다.

그녀는 천외신계 서열에는 들지 않지만 천녀황의 친동생으로, 천녀황에게 무슨 일이 생겼을 때에는 여황의 위를 이어받을 지고한 신분이었다.

제아무리 서열 삼위인 육천군이라고 해도 그녀의 명을 거역할 수는 없는 터.

벽력군과 풍사군이 즉시 방향을 꺾어왔던 곳으로 돌아가자 육존도 즉시 그 뒤를 따랐다.

그러나 혈옥녀는 설영의 전음을 들었으면서도 쏘아가는 것을 멈추지 않았다.

그녀는 오직 천녀황의 명령에만 반응한다. 천신녀인 설영은 그저 혈옥녀의 호위일 뿐이었다.

설영이 쳐다보니 혈옥녀는 어느새 화무린의 십여 장까지 이르러 있었고, 화무린의 얼굴에는 더할 수 없는 반가움이 가득 떠올라 있었다.

그는 아직도 현실을, 혈옥녀의 무서움을 깨닫지 못하고 있는 것이다.

화무린은 혈옥녀를, 아니, 누나 화여옥을 조금이라도 더 잘 볼 수 있도록, 그리고 쏘아오는 그녀를 더 빨리 부둥켜안기 위해서 나뭇가지 끝으로 나와 있었다.

아니, 오히려 화여옥을 향해서 몸을 날리려는 태세였다.

그때 그는 발견했다.

금방이라도 핏물이 뚝뚝 떨어질 것처럼 붉게 변한 화여옥의 두 눈을.

그리고 그녀의 얼굴에 소름이 끼칠 정도의 냉막함 외에는 아무것도 떠올라 있지 않은 것을.

그러자 싸늘한 한줄기 바람이 화무린의 가슴을, 온몸을, 영혼을 휩쓸고 지나갔다.

순간 화여옥이 오른손을 들어 올려 옆구리에 붙였다. 일장을 발출하기 위한 자세였다.

그녀의 장심에서는 짙은 핏빛이 일렁이고 있었다.

“누나…….”

화무린의 얼굴에 불신의 표정이 가득 떠올랐다.

그오오!

순간 화여옥의 오른손이 앞으로 쭉 뻗어지며 손바닥에서 핏빛의 반투명한 기둥이 섬광처럼 뿜어졌다.

그것을 발견한 화무린의 얼굴이 참담하게 일그러졌다.

‘누나가 아니라 혈옥녀다!’

그 순간 화무린은 비로소 정신을 번쩍 차렸다.

지금 자신에게 쏘아오면서 일장을 발출한 여자는 누나 화여옥이 아닌 천녀황의 제자 혈옥녀인 것이다.

친어머니마저 죽인 패륜의 딸 혈옥녀.

“무린아! 어서 피해라!”

그때 설영이 다급하면서도 날카롭게 부르짖었다.

그녀가 외치는 것과 동시에 화무린은 탄영비활을 전개하

여 수직으로 튀어 올랐다.

혈옥녀가 전개한 것은 천마혈옥강이다. 현존하는 무공 중에서 빠르기와 위력으로는 천하제일이다.

그 천마혈옥강을 혈옥녀는 화무린의 전면 삼 장이라는 가까운 거리에서 발출했다.

탄영비활이 아무리 천하제일의 경공이라고 해도 사람이 몸을 직접 움직여야 하는 약점을 극복할 수는 없었다.

반면에 천마혈옥강은 공력의 발출이다. 즉, 천하에서 가장 빠른 사람의 몸이, 천하에서 가장 빠르게 발출되는 공력보다 빠를 수는 없다는 것이다.

팍!

반투명한 핏빛의 빛살이 상승하고 있는 화무린의 왼발 무릎 바로 아래를 강타했다.

그러나 화무린은 아무런 느낌도 고통도 받지 않았다. 한순간에 왼발에서 모든 감각이 사라져 버렸다.

허공으로 떠오른 화무린은 반사적으로 바로 아래 이 장 거리에 있는 혈옥녀를 향해 재빨리 오른손을 들어 올렸다.

후욱!

무극신공과 무상검탄강이 합쳐진 천지무극이 그의 오른손에 팽팽하게 장전되었다.

그 순간 혈옥녀도 화무린을 향해 두 번째 천마혈옥강을 막 발출하고 있었다.

그때 혈옥녀의 얼굴이 화무린의 시야 속으로 크게 확대되어 쏘아 들어왔다.

그것은 혈옥녀가 아닌 화여옥의 얼굴이었다, 비록 심지를 잃어버리기는 했어도.

순간 화무린은 주춤하며 공격을 가하지 못했다.

고오옷!

반면에 혈옥녀는 천마혈옥강을 발출했다.

화무린은 자신의 얼굴을 향해 뿜어져 오는 핏빛 섬광을 보면서 얼굴에 착잡한 표정이 가득 떠올랐다.

"누나……."

한순간의 결정이지만, 결국 그는 죽음을 각오했다. 차마 누나를 상대로 살수를 펼칠 수는 없었기 때문이다.

어찌 내가 살자고 누나를 죽이겠는가.

원수를 갚지 못한다고 해도, 다시 소군을 만나 행복한 시간을 보낼 수 없다고 해도 누나를 죽이는 패륜을 저지를 수는 없었다.

핏빛 섬광이 지척에 이르렀을 때 전혀 예상하지 못했던 한 사람의 모습이 화무린의 망막에 가득 떠올랐다.

주자운이었다.

예전에도 그런 적이 있었다. 죽음을 목적에 둔 생의 마지막 순간에 떠오른 얼굴은 소군이 아니라 주자운이었다.

화무린은 애써 소군의 모습을 떠올리려고 했지만 주자운

의 아름다운 모습이 사라지지 않았다.

퍽!

쉐애액!

바로 그 순간 가벼운 음향이 들리는 것과 동시에 천마혈옥
강이 화무린의 뺨을 아슬아슬하게 스쳐 지나갔다.

그가 의아한 얼굴로 급히 아래를 쳐다보니 혈옥녀의 몸이
허공중에서 균형을 잃은 채 한쪽 방향으로 튕겨져 날아가고
있는 것이 보였다.

그리고 그녀와 수평선상에서 쏘아오고 있는 설영이 그녀
를 향해 막 일장을 발출한 자세를 취하고 있었다.

그것은 누가 보더라도 설영이 혈옥녀에게 일장을 적중시
킨 직후의 광경이었다.

화무린은 설영이 자신을 살렸다는 사실을 깨달았다.

그 덕분에 그는 죽음을 모면할 수 있었고, 혈옥녀는 또 한
번의 패륜을 저지르지 않았다.

그러나 화무린은 머리가 혼란스러워졌다. 설영이 무엇 때
문에 느닷없이 혈옥녀를 공격했는지 알 수가 없었다.

그녀는 단지 혈옥녀를 공격한 것인가. 아니면 화무린을 구
하려고 한 것인가.

"무린아! 어서 도망쳐라!"

순간 나무 꼭대기에 멈춰선 설영이 화무린을 쳐다보며 다
급히 외쳤다.

화무린은 깨달았다. 그녀는 화무린을 구하려고 같은 편인 혈옥녀를 공격했던 것이다.

그는 설영을 쳐다보았다. 그녀의 얼굴에는 다급함과 간절함이 뒤섞여 떠올라 있었다.

그녀가 다시 한 번 절박하게 외쳤다.

"무린아! 여옥이는 혈옥녀가 되어 심지를 상실했다! 그 아이 눈에는 네가 동생으로 보이지 않아! 어서 피해라!"

그때 화무린은 설영의 얼굴에서 한 사람의 모습을 떠올렸다.

어머니 설란의 모습이었다. 설영은 어머니의 용모와 너무도 많이 닮았다.

'천신녀!'

그 순간 화무린은 그녀가 누군지 깨달았다.

구령후의 실토에 의하면 천신녀는 천녀황과 어머니 설란의 막냇동생이라고 했다.

순간 화무린은 예전에 당쾌가 안읍의 개방 제자에게서 보고를 받아 말해준 내용이 번뜩 생각났다.

중조산 혈주봉에서 혈옥녀가 천녀황의 명령을 받고 어머니 설란을 죽이려고 할 때 옥의를 입은 여자가 절규하듯이 외쳤다는 말을 들었다.

"안 돼! 이분은 네 어머니시다! 정신 차려라, 여옥아!"

그 옥의녀가 바로 천신녀였고, 방금 화무린의 목숨을 구해 준 것이다.

그때 화무린을 바라보던 설영이 움찔 몸을 떨었다.

자신을 바라보는 화무린의 입가에 따스한 미소가 떠올라 있고, 두 눈에서는 뭐라고 설명하기 어려운 훈훈한 정감이 넘쳐흐르는 것을 발견한 것이다.

“무린아……．”

설영은 갑자기 가슴이 벅차서 심장이 터질 것 같았고 목이 콱 메었다.

생각해 보면 정말 가련하기 짝이 없는 조카가 아닌가.

난데없이 들이닥친 괴한들로 인해서 아버지가 참혹하게 죽임을 당했고, 어머니와 누나는 납치를 당해서 일곱 살 너무도 어린 나이에 졸지에 천애고아가 되었다.

일가친척 하나 없이 그 조카가 험난한 천하를 떠돌면서 얼마나 고생을 했을지 눈으로 보지 않아도 알 수 있을 것 같았다.

또한 그 아이가 어떤 우여곡절 끝에 은오검객이라는 절정 고수가 됐는지는 모르겠지만, 수없이 죽을 고비를 넘겼을 것이라는 사실을 짐작할 수 있었다.

그런데 이제 친누나가 그 아이를 죽이려고 하는 것이다.

그 얼마나 억장이 무너질 일이라는 말인가.

그리고 그 모든 원한의 뒤에는 큰이모인 천녀황이 버티고 있었다.

세상의 평범한 큰이모라면 조카를 내 자식만큼 아끼고 사랑하는데, 이 아이는 귀여움은커녕 큰이모에게 가족을 잃고 자신의 목숨마저 위태로운 지경에 처했으니 실로 기구한 운명이 아닐 수 없었다.

설영은 비록 화무린을 살리기 위해서였지만 혈옥녀에게 전력으로 일장을 발출할 수가 없었다. 그래서 단지 튕겨날 정도의 위력만을 발휘했다.

혈옥녀는 원래의 위치에서 칠팔 장쯤 물러났다가 혈광이 일렁이는 눈빛으로 설영을 쏘아보았다.

그러더니 다시 화무린을 향해 비스듬히 쏘아갔다.

혈옥녀의 뇌리에 설영은 같은 편이라는 인식이 뚜렷하게 박혀 있기 때문에 그녀가 결정적인 위해를 가하기 전에는 응징하지 않을 것이다.

설영은 혈옥녀가 화무린에게 쏘아가는 것을 보고 자신도 즉시 두 발로 힘차게 나무 꼭대기를 박차면서 화무린에게 솟구쳐 올랐다.

설영은 화무린의 이 장 아래쪽에 있었고, 두 발로 나무 꼭대기를 박차면서 솟구쳤기 때문에 칠팔 장 거리의 허공중에서 방향을 틀어 쏘아오는 혈옥녀보다 훨씬 빨리 화무린에게 접근할 수 있었다.

그녀는 화무린이 반응을 보이기도 전에 그의 팔을 잡고 수직으로 계속 솟구쳤다.

그녀가 화무린을 이끌고 나무 꼭대기에서 오륙 장 높이까지 치솟자 삼 장 높이까지 솟구친 혈옥녀는 오른발 끝으로 왼발등을 가볍게 찍으면서 더욱 솟구쳐 오르며 천마혈옥강을 발출했다.

고오오!

허공중에서 자유자재로 움직이면서 공격까지 전개할 수 있는 혈옥녀의 공력은 분명히 화무린보다 한 수 위였다.

화무린이 미처 반응을 하기도 전에 설영이 혈옥녀를 향해 오른손 일장을 뿜어냈다.

쐐애액!

천외신계 최강의 무공 중 하나인 옥신벽(玉神劈)이었다.

설영은 천녀황의 무공을 모두 배웠다. 다만 그녀에 비해서 공력이 약할 뿐이다.

꽝!

천마혈옥강과 옥신벽이 충돌하며 허공을 갈가리 찢는 굉음이 터졌다.

반탄력에 의해서 설영과 화무린은 더욱 높이 솟구쳐 올랐으나 혈옥녀는 도리어 아래로 추락했다. 아무리 무공이 고강해도 어쩔 수 없는 상황이었다.

"무린아, 우선 이곳을 벗어나도록 하자."

까마득한 허공에서 설영이 그렇게 말하고 나서 한쪽 방향으로 쏜살같이 쏘아갔다.

하강하던 혈옥녀가 한 그루 나무 꼭대기를 박차고 다시 솟구쳤을 때 설영과 화무린은 이미 이십여 장 밖 허공을 비스듬히 쏘아가고 있었다.

일직선을 그으면서 추격하는 혈옥녀의 두 눈에서 시뻘건 혈광이 줄줄이 뿜어졌고, 지그시 악다문 입에서는 섬뜩한 중얼거림이 새어 나왔다.

"크으으… 죽여 버리겠다……!"

화무린은 힐끗 뒤돌아보았다. 십오 장 뒤에서 혈옥녀가 맹렬하게 추격하고 있는 것이 보였다.

방금 전까지만 해도 이십여 장의 거리였는데 순식간에 오 장의 간격을 줄인 것이다.

설영이 화무린의 팔을 잡고 끌듯이 날아가는 것이므로 혈옥녀보다 느릴 수밖에 없었다.

때마침 설영도 혈옥녀를 돌아보면서 초조한 표정을 짓고 있었다.

"안 되겠다. 무린아, 내가 혈옥녀를 막을 테니 너는 전력을 다해서 도주하거라."

화무린은 설영의 무위가 혈옥녀보다 약하다는 것을 느꼈다. 만약 화무린이 그녀의 말대로 한다면, 그녀는 화무린이 도주할 시간을 벌기 위해서 혈옥녀와 싸우다가 죽음을 면치 못할 것이다.

친어머니를 죽이고, 친동생을 죽이려 드는 혈옥녀가 이모인들 눈에 보이겠는가.

그렇지만 화무린은 지금 이곳에서 혈옥녀와 싸우고 싶은 생각이 없었다.

자신이 그녀보다 약할 것 같아서도 아니고, 이곳에 일만여 명의 천외무적군이 있기 때문에 겁이 나서도 아니었다.

혈옥녀와 싸운다고 해도, 그래서 그녀를 죽일 수 있는 기회가 온다고 해도, 차마 그녀를 죽이지 못할 것 같았다.

그것이 문제였다. 그런 무의미한 싸움에 목숨을 걸 필요는 없었다.

"그렇게 할 수는 없습니다, 이모님."

화무린은 말하면서 굵은 왼팔로 설영의 가느다란 허리를 덥석 안았다.

설영은 큰 충격을 받은 표정이었다. 화무린이 그녀를 '이모님' 이라고 불렀기 때문이었다.

진심은 통한다고 했던가?

그녀의 가녀린 몸이 작은 감동으로 바르르 떨렸다.

하지만 그녀는 곧 걱정스러운 마음이 들었다. 화무린의 무공이 자신보다 높을 것이라고 생각하지 않았다.

그런데 설영 자신까지 안고서 어떻게 혈옥녀를 따돌릴 수 있겠는가.

설영이 뒤돌아보니 혈옥녀는 어느새 오 장여까지 바짝 따라붙은 상태였다.

그때 화무린은 크게 심호흡을 한 후 공력을 극한으로 끌어올리는 것과 동시에 갑자기 탄영비활을 펼쳤다.

쉬이이—

다음 순간 한 덩이가 된 화무린과 설영이 팽팽하게 시위를 당겼다가 발사한 화살처럼 맹렬하게 쏘아나갔다.

설영은 적잖이 놀랐다. 그녀는 태어나서 이처럼 빠른 속도로 비행해 본 적이 없었다.

뒤돌아보니 혈옥녀와의 거리가 빠르게 멀어지면서 잠시 후에는 시야에서 완전히 사라져 버렸다.

설영은 놀라움을 삼키면서 화무린을 바라보았다.

산행을 시작한 이후 세수도 면도도 못해서 까칠한 모습의 화무린이었지만 그것이 타고난 준수함과 늠름함을 가리지는 못했다.

그녀는 자신이 조카의 품에 안겨서 비행을 하고 있다는 사실이 믿어지지가 않았다.

『구중천 제7권 끝』

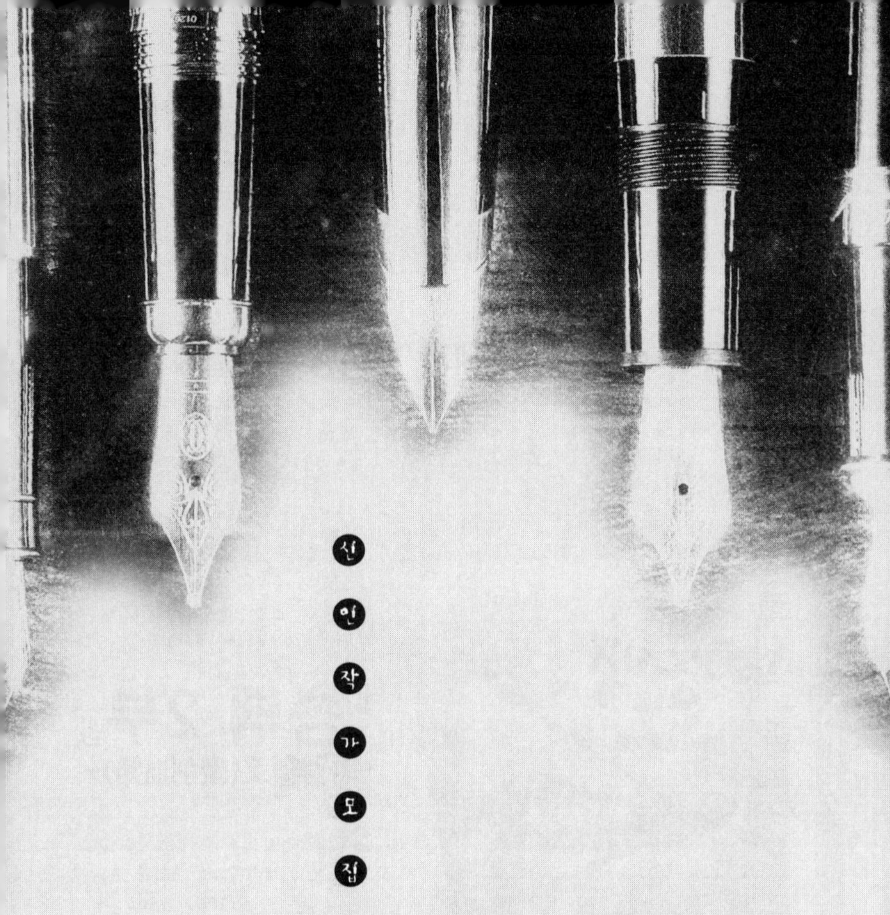